行走的思想

英美访学随记

冯秀军　李庆霞　白显良　王　智　徐艳国◎著

中国人民大学出版社
·北京·

前言

读万卷书，行万里路，是中国很多读书人的价值追求。为何如此？只因“纸上得来终觉浅，绝知此事要躬行”。

孔夫子不满足于艰苦爬梳他那个时代所见文献，不满足于修《诗》《书》，定《礼》《乐》，序《周易》，作《春秋》，于是带领一众弟子踏上周游列国的漫漫长路。他们用了十余年时间，从鲁国出发，先后到了卫国、宋国、齐国、郑国、晋国、陈国、蔡国、楚国等地。夫子一路行一路讲，脚不停，思徜徉。他没有想要立言，明确告诉世人自己述而不作。然而，有价值的思想又怎会随便消失呢？在那个不评教师职称的年代，在那个评价无须正式发表文章著作的年代，作为万世师表的孔子一定不会想着要说点什么、写点什么凑个数。他的思想在自由地流淌，他的思想是他的双脚与土地擦出的火花。走着走着，有了思想，便停下来讲；讲着讲着，又有了新的思想，于是再讲。在这不觉间，有心的弟子们回忆整理夫子的言论，于是便诞生了千年经典《论语》。这样的思想，来源于实践，闪烁着永不褪色的光芒。

少年毛泽东读了不少书，《水浒传》《西游记》《三国演义》《盛世危言》等，便总想走出韶山冲到外面的世界看一看。于是，他走进了湘乡县立东山高等小学堂，去了省城长沙，来了北京，去了上海，上了井冈山，长征到了延安……一直走到西柏坡，走进北京城。这一路走来，他从懵懂少年成为一个青年知识分子，进而成长为一名坚定的马克思主义者。他在一路奔走中思考，也在一路思考中成长。“没有调查就没有发言权”，“星星之火，可以燎原”，抗日战争要打“持久战”，“全心全意为人民服务”，“帝国主义就是纸老虎”……这些征程中的思考，成就了闪耀着真理光芒的毛泽东思想。

伟大的思想，离不开伟人的行走。思想的价值，在于边走边想，在于行走的深远，在于思想的深邃。

在当今世界的舆论场，各种各样的观念思潮风云激荡，这其中有真理，也有伪装成真理样子的谎言，有真相，也有试图以假乱真的假象。谎言、假象往往尾随真理和真相，但真理和真相却从不能容忍与谎言和假象共存共生。生活中、网络上，关于真理、真相与谎言、假象的论争林林总总、比比皆是，其中最大的分歧或许是关于人类社会未来走向的争论。当今世界存在两种主要的社会制度与文明形态，谁更科学、更先进、更具生命力？谁会将人类引入歧途，谁又代表着人类的未来？围绕着这些问题的较量，众多谎言与假象纷飞迭起，犹如乱花欲迷人眼，也似浅草想没马蹄。在人云亦云中，一些观念“三人成虎”、谬种流传。在众口铄金中，谎言和假象赢得受众，事实和真理反被遮蔽。如何认识真相？如何辨识假象？如何把真相告诉人们？如何澄清谎言和假象？怕是不能只靠书斋里的闭门造车，也不能靠纸面上的自说自话，还需要走出书斋的观察，接上地气的思考。探寻真理和真相，必须是来源于行走和实践，而不能靠表面感观、主观臆测抑或道听途说。

在中国高校有这样一批学者，他们关注当今世界发展的走势，思考当代中国发展的现实，努力在古今中西的比较中探寻人类历史发展的规律与走向，也努力从比较鉴别中明晰中国的道路与方向。他们希望把自己的研究和思考分享给人们，特别是那些热衷于思考家国前途命运的青年学子，帮助他们融入，乃至引领自己置身的时代和世界。因此，辨析真相、辨别方向，是这些高校学者研究和思考的重要内容与使命。

几位从事这项工作的年轻学者偶然获得去英美国家走一走、看一看的机会。他们生活在当地人家里，流连于学校、商场、市中心和街巷。他们背上双肩包，提起笔记本，以素人之面目、平常之心态，马不停蹄地行走、体验、思考。他们回来后感到有话要说，于是便有了本书的文字。

本书里的文字是他们对自己在国外所见、所闻、所思的记录。他们以我脚走我路、以我手写我心，讲了一些自己亲身经历的真实故事，并对这些故事做了认真的考证。

作为长期思考和研究社会的专业人士，他们不会以情感代替理性判断，不会把个体思想强加于人。但是，他们用独特的视角来看待一些具体事物，说出了一些颇有新意的感受，并不吝与读者分享。这些观点以及支撑观点的素材和说明观点的逻辑，对于我们更全面地认识当今时代、当今中国乃至当今世界，是有一定参考价值的。

他们去过的那些地方，他们谈到的那些事，去过的、经历的，不妨再温习一下。没去过的，也可借此神行一番，触动一些思考。

目录

思想的激荡

图书馆里的“取景框”

今年9月，意外地获得一个“偷懒”的幸运机会，到美国加州大学圣迭戈分校进行为期三个月的短期访学。圣迭戈分校为加州大学系统的十所学校之一，也是一所学术声望很高的研究型公立大学。算是读书人的一个雅好，每到一所大学，学校的图书馆是一定要去看一看，能有机会混进去泡一泡当然更好。到圣迭戈分校访学，自然不能错过它的图书馆。

来之前就已听说，圣迭戈分校的吉赛尔图书馆建筑风格独特，并入选世界上最现代派的图书馆之一，堪称该校的视觉符号。初步安顿下来，便迫不及待地邀约一位中国留学生做导览，带我们去图书馆参观。远远地看到吉赛尔图书馆，第一直觉竟然是它不像图书馆！裸露的灰色水泥柱子支撑着硕大的镶着蓝色玻璃的“帽子”，有些头重脚轻的感觉，让人担心下面的柱子会不会不堪重负。坦率地讲，那下面裸露的水泥让人乍一看还以为是座没完工的“烂尾楼”，显得有点诡异，怪不得曾有美国科幻电影在这里取景呢！不过，一想到这本身就是一幢以现代派艺术风格著称的建筑，我只好自愧艺术修养不足，以至于未能充分领略其现代的艺术美了！

图书馆的大门设计也是匠心独运。若不是有朋友做向导，还真是一时半会儿摸不到“庙门”——需要沿着一个斜坡走下去，才能找到“隐藏”在地下层的图书馆大门。这与我见惯了许多需要拾级而上、需要仰视的高大庄严的图书馆相比，又有与众不同的感觉。朋友告诉我，这栋图书馆大楼的 1 层和 2 层是服务柜台和工作区，4 层至 8 层是图书馆的收藏室和研究室。“那 3 层呢？”我不由发问。朋友卖了个关子：“3 层被藏起来了！”原来，“被藏起来的”3 层仅作从 4~8 层下来的紧急出口用，平时乘坐电梯并不在这层停留。呵呵，这座现代派的图书馆果然名不虚传，颇有点小“心机”呢！

走进图书馆，朋友带我们认识每一层藏书的分类，检索图书的方法，搜索和下载电子资料的路径等。不好意思耽搁人家太多时间，也急于自己亲身体验，在逐层浏览了图书馆的藏书之后，便催促朋友快回去上课。随后，找到一处面向窗外的僻静角落坐下来，打开电脑，我决定先从图书馆网站的主页上浏览一下相关信息，然后再有目的地搜寻资料。

图书馆网站主页内容很丰富，除了图书资料的检索之外，还有一些图书馆新闻、校园新闻之类的栏目。简单浏览一通新闻，便开始搜寻资料。打开其图书资料分类索引区，在数字图书馆馆藏（Digital Library Collections）这个栏目之中，不小心点开了一个艺术图书馆（Arts Library）条目。对于有待艺术扫盲的我来讲，这个显然不是我关注的领域，因此便迅速准备关闭。但随意的一眼浏览却让我有些意外：居然在该页面的文献分类中有张中国人熟悉的图片：一张好像20世纪五六十年代中国军人的图片！再仔细看标题，原来竟是中国“文化大革命”时期的招贴画，下面还附了一行文字说明：78幅与“文化大革命”相关的招贴画。我的好奇心一下子被点燃了，便迫不及待地打开了这个原本打算关闭的电子文献条目。

页面打开，更是令我惊讶不已：里面的招贴画全部是《红灯记》《沙家浜》《林海雪原》等“文化大革命”时期的剧照图片，也有一些写着标语的宣传画，给人一种恍若隔世的感觉。在国内，这些画面已经不多见，想不到，倒是在圣迭戈分校这样一所几乎与“文化大革命”同龄的年轻大学里，在它以现代派风格著称的图书馆里，却“珍藏”着这些在中国早已被淘汰的图画，而且，或许还是作为中国艺术的代表作品呢！

但是，好奇之后，接踵而来的竟是让我这个“艺盲”不得其解的困惑。这几十幅很简单的招贴画是按照什么样的标准入选这个资料库的呢？无论是从时间维度上划分、从艺术种类上分类，还是从艺术成就上评价，在我这个外行看来，不管从哪个角度来排座次，这些招贴画都难以入得圣迭戈分校这样的世界名校的法眼啊！在中华民族的历史长河之中，“文化大革命”十年，单单从时间长度上看，或许连一朵小浪花都算不上。如果说“文化大革命”是中国在社会发展的探索过程中所走过的一段弯路，折过的跟头，这固然不错，但对于历史悠久的中华民族来说，在她经历的五千年沧桑之中，这顶多算是沧海一粟，怕是难以作为全面准确认识中国历史与社会全貌的代表。当然，从艺术的角度看，单是中国的书画艺术，就堪称世界文化宝库中的瑰宝，相形之下的招贴画就显得太“小儿科”了吧？甚至说句不太得体的话，如果能够带着这些招贴画穿越到八国联军入侵中国的时代，那些在东方中国发现宝藏的士兵，恐怕不会抢这些招贴画带回他们的国家，更不会收藏进他们的国家博物馆吧？我想，在圣迭戈分校这座神圣的学术殿堂之中，一定是大师云集，人们很难相信，大师们的艺术鉴赏水平会比不上那些扛枪打仗的莽夫！

那么，问题来了，这些招贴画能如此荣幸，在圣迭戈分校的神圣殿堂里登堂入室，这是为什么呢？看来，如果从艺术的角度无从回答，那大概就只能由这个艺术条目下的主题“文化大革命”这几个字来解释了。或许，在这个“艺术图书馆”条目之下，条目材料的选编重点并不在于“艺术”，而在于中国的“文化大革命”。如此说来，这个关于“艺术”的资料库给人的感觉好像并非十分关心艺术，倒是更关心政治的样子。

庆幸的是，对于我这样一个虽然是艺术的门外汉，但多少还了解一些中国自己的历史和文化的中国人来说，我懂得这里收藏的资料并非中国文化和艺术的代表，它们并不能影响我对中国文化和艺术的认知和印象。但是，如果换作一个对于中国历史、文化和艺术一无所知的外国人，看到这些作为“学术资料”收集在这样一所美国著名大学图书馆的电子文献库之中的中国“文化大革命”招贴画，会对他们产生什么样的影响呢？他们会认为这就是中国文化和艺术的代表作吗？他们会认为这是研究中国文化艺术的重要资料吗？或者可以由此而引发他们对于中国“文化大革命”历史的浓厚兴趣？忽然想起刚才浏览图书馆藏书过程中所见中国文献的书架，关于中国民族性、“三年困难时期”、“文化大革命”、“1989年政治风波”、中共高层“内幕”的材料格外丰富，如果说刚才还有些诧异和不以为然，甚或怀疑是自己浮光掠影的浏览有失全面，那么现在看来莫非它们也有着共同的文献选择标准？

这么一思量，忽然意识到在这个图书馆之中、在这校园网络之上，原来就是由一幅幅引导人们认识世界的“取景框”组成的。如果这些框框是圆的，我们头脑中的世界就是圆的；框框是方的，我们头脑中的世界就是方的。如果框框上加了一层滤镜，有些色彩我们就看得更醒目了，有的却也看不到了。如果框框上加了哈哈镜，那就更有趣了，我们看到的就会是一个哈哈镜里的世界……当然，即便如此，我也认为或许吉赛尔图书馆对于那些“文化大革命”招贴画的选择并非有意为之；我也知道在美国仍有不少严肃的汉学家对中国有着深入的研究；我也相信有更多的美国人希望能看到一个真实而非被刻意扭曲和裁剪过的中国。然而，我也因此更深刻地意识到，如何理性地寻求和认识真相，特别是作为一名教育者，如何引导青年人审慎地警惕和澄清假象，实在是一项艰巨而且充满挑战的任务。正如培根在《新工具》中所言："现在盘踞着人类的理智并且已经深深地植根于其中的各种假象和错误的概念，不仅困扰着人的心灵，使真理难以进入，而且即使它们得以进入，如果人们不预先警惕，尽可能小心地加以防范，这些假象和错误概念，就会在科学的复兴中重新聚合并扰乱我们。"近四百年过去了，这段话在今天仍值得我们深思和警醒。

（冯秀军）

闹心的感恩节

感恩节在西方是个大节日，很有点中国春节的感觉。提前吃过肥胖的火鸡，大家纷纷开启一周的感恩节体验模式，我们几个同学选择趁机到旧金山走走看看。

11 月 26 日晚，奔波一天的我们刚在旧金山落脚，同行的悠悠突然大喊："天哪，纽约出大事了！"她递过手机，原来在班级微信群里，几位正在纽约的同学发来几张触目惊心的照片：和示威者扭作一团的警察，被按倒在地上的示威者，挥舞着拳头的人群，高举的和踩在地上的标语，整个失控的场面！原来，这几天我们一直在路上奔波，没怎么留意新闻，美国正在陷入大面积的骚乱之中。这场骚乱是由 8 月美国中部密苏里州圣路易斯县弗格森市白人警察达伦·威尔逊（Darren Wilson）枪杀黑人青年迈克尔·布朗（Michael Brown）而引起的。最近，由于11月24日圣路易斯大陪审团根据既有证据材料，决定对威尔逊不予起诉，弗格森市的民众对大陪审团的决定极为不满，走上街头抗议示威，并且有人诉诸暴力以宣泄愤怒。民众的怒火愈烧愈烈，抗议的怒潮迅速从弗格森市蔓延至美国的东西海岸，150多个大中城市卷入骚乱。发照片的几位同学恰好赶上出游行程中的纽约一站，并且住宿安排在了纽约广场附近。纽约广场是爆发骚乱的中心，他们所住酒店恰可俯瞰外面的混乱，于是拍下了这些警察与示威者暴力冲突的画面。

信息时代就是这样，我们在美国刚刚得到的消息，几乎是同步就已经在国内有了反应：电话、短信、微信，一晚上我们开始不停地接到国内亲人和朋友的问候和嘱咐：你们现在安全吧？美国动乱现在怎么样了？你们一定要远离骚乱地带啊，千万不要好奇看热闹啊，等等。这一夜，我们几个都被远方的牵挂呼唤得几乎无眠。

我们的假日心情也一下子变得沉重起来。由于担心旧金山也会卷入不断蔓延的骚乱，我们决定次日一早尽快返程。一路舟车劳顿返回洛杉矶，才知道洛杉矶也爆发了游行示威。原本计划再到洛杉矶市里的几所大学走走，无奈为安全起见，也避免赶上拥堵，我们决定不在城里逗留，尽快返回圣迭戈。回到圣迭戈，听学校管理学生事务的温迪（Wendy）老师说，圣迭戈也有学生开车到高速公路游行抗议，愤怒的学生们将车停在高速路上，造成大量假日出行车辆拥堵。温迪说，这个假期他们过得很闹心，学校负责学生事务的老师们不断接到警方发来的现场照片，通知学校根据照片查认本校学生，尽快做工作把人领走。听没有外出的同学讲，圣迭戈分校校内也有一大批学生在图书馆前的空地上进行静卧抗议。学生们统一身着黑色T恤，上面印着“黑人的命也是命”“我们无法呼吸”“双手已经举起，请别开枪”等极其醒目的标语。

一个原应祥和欢快的假日，就这样在一场全国性的骚乱中潦草结束。遗憾之余，倒也有点小“收获”：美国是西方民主的代表，也常以民主的标杆自居，国内也有不少美式民主的“粉丝”，习惯于将美式民主作为点评他国民主的标准。这次到美国来，还真心希望能有机会亲身感受和体验一下传说中的美国民主到底是怎样的。说起来一日三餐柴米油盐，或者一天到晚从课堂到食堂，用得上“民主”这么高大上的场合还真是不多。这次的弗格森事件，倒是遂了我的心愿，给了我们一个近距离认识美国民主的机会。

说来弗格森事件事实上牵涉的是美国民主中的痼疾——种族歧视和警察滥用暴力问题。美国媒体在报道中说，这次波及全美150多个大中城市的示威是自1992年洛杉矶“罗德尼·金暴动”（即在1991年3月，洛杉矶警察局4名白人警察暴打酒后超速驾车且暴力抗捕的黑人男子罗德尼·金，相关视频经剪辑后在全国电视播送。次年4月，地方陪审团宣布白人警察无罪，引发骚乱暴动）以来，涉及地区最广、持续时间最长的与种族歧视以及警察暴力执法有关的抗议行动。种族问题是美国历史上的老问题。从南北战争到《民权法案》再到首位非裔总统奥巴马，虽然美国的种族歧视似乎得到了改善，但实质上却从未根治，族裔之间的摩擦与冲突仍时常发生，且多数族裔冲突都发生在警察尤其是白人警察和非裔群体之间。

美国种族冲突痼疾的根源何在？跟一位旅美10多年的朋友聊起此事，他认为，虽然非裔群体在法律上具有相对的平等与自由权利，但从经济上看，他们还是长期处于美国社会的底层。2010年人口普查显示，非裔群体的贫困率达到25%，接近全美平均水平的2倍。贫困影响教育，受教育程度较低又反过来影响就业和收入，低收入带来高犯罪率，高犯罪率带来歧视，歧视又带来冲突和仇恨，如此形成恶性循环，进而导致问题固化。因此，这种来自历史的种族歧视问题，事实上有其深刻的现实根源。这位朋友还告诉我们，美国很多州的地方政府广泛使用“土地分区规划”制度，这也是导致对立和隔离的重要因素。很多地方政府在土地使用中凭借分区规划权，强制规定房屋面积、高度、规模等硬性指标，从而实质上将人群根据贫富水平做了区域上的隔离。加上历史上原本就曾存在种族隔离，弗格森市由此成为非裔群体涌入的目的地，白人则纷纷搬离此地，从而导致该地区的经济日益凋敝，教育更加落后。因此，这位朋友以为，单就这件事看，涉事警察或许真的是无辜的，但从整个社会看，无论是黑人死者还是白人警察或许都是这种社会对立与仇恨的受害者。

看来，家家有本难念的经，美国民主的日子原来也不是传说中的那么好过。想到这儿，还真心佩服美国人的自信。自己家里还是一锅粥，却仍然有自信把美式民主当作灵丹妙药四处推销。若是全世界都照这个美国民主的方子去抓药，不知道会不会熬出更大的一锅粥？

（冯秀军）

丘吉尔“出身”布莱尼姆宫

军人、记者、囚犯和越狱者、议员和诸大臣（商务大臣、内政大臣、海军大臣、陆军大臣、军需大臣、财政大臣、不管部大臣、殖民地事务部大臣）、首相和二战“三巨头”之一、演说家、历史学家、画家、作家和诺贝尔文学奖获得者、《时代周刊》年度风云人物等，所有这些头衔、职务或荣誉，都指向同一个神奇的名字：温斯顿·伦纳德·斯宾塞·丘吉尔。2002 年 11 月 24 日，英国广播公司公布一项评选结果，丘吉尔被评为英国历史上最伟大的人物，并高居榜首，黛安娜王妃、达尔文、莎士比亚、牛顿、伊丽莎白一世等均位列其后。

他属于大不列颠，由英格兰泰晤士河流域润泽之地“荣誉出品”。泰晤士河在流淌至牛津之前，有一条名为埃文洛德河（River Evenlode）的支流汇入其中。沿着这条支流上溯不远，可以进入一片叫作格莱姆河（River Glyme）的水面，算起来后者是泰晤士河支流的支流了。可是，就在不起眼的格莱姆河的岸边，在隶属牛津郡的伍德斯托克小镇旁边，矗立着一座举世闻名的宫殿——布莱尼姆宫（Blenheim Palace）。1874 年 11 月 30 日，温斯顿·丘吉尔就诞生在这里。

布莱尼姆宫因其主人姓名，被俗称为“丘吉尔庄园”。它是英格兰最大的庄园之一，1987 年被联合国教科文组织认定为世界文化遗产。温斯顿·丘吉尔为这座宫殿增添了无限荣光，可是，这位“最伟大英国人”的丰功伟业，却首先借力于这座最伟大的宫殿——英格兰唯一一座既非皇家亦非教宗却可以冠名为宫殿（palace）的乡间庄园，也即借力于其世袭的高人一等的贵族血统。

在温斯顿·丘吉尔呱呱坠地的 170 年前，也就是 1704 年，他的祖先约翰·丘吉尔，在德国多瑙河北岸一个叫布莱尼姆（也有译为布伦海姆）的地方，与奥地利主帅欧根亲王联手，率军大败法国与巴伐利亚的联军，打破法军长时间不败的神话，掐灭了法王路易十四入侵邻国、称霸欧洲的梦想。这场拯救欧洲的布莱尼姆战役，成就了约翰·丘吉尔的战神美名。安妮女王大喜过望，册封他为马尔伯勒公爵（Duke of Marlborough），下令在伍德斯托克为马尔伯勒公爵一世修建“布莱尼姆宫”。这当真是一座极尽荣耀的盛大宫殿，从1705年到1722年，由数名设计师全力设计、无数人力物力积17年之功方才建成。

温斯顿·丘吉尔是马尔伯勒公爵的第八代孙子，他没有在布莱尼姆宫享受完无忧无虑的童年时光，7岁起即离开这座奢华宫殿，被送入贵族学校开始了漫长艰难的成长生涯。此后数十年，他用个体案例鲜活证明现代基因科学的无比正确：这位扬威20世纪的丘吉尔，简直是公爵一世、那个战神丘吉尔的完美复刻，甚至远远地“青出于蓝胜于蓝”。

今天，我们来到布莱尼姆宫，当然无法捕捉到童年丘吉尔在这个庞大的宫殿里留下的身影，却似乎可以感受到宫殿表达“胜利”的宏伟外形，与约翰·丘吉尔的赫赫战功，以及与温斯顿·丘吉尔标志性的“V”形手势的神秘关联。1940年5月13日，惨烈的世界大战鏖战正酣，丘吉尔第一次以首相身份在下院发表了激情演讲：“我没有别的，只有热血、辛劳、眼泪和汗水献给大家。你们问：我们的目的是什么？我可以用一个词来答复：胜利——不惜一切代价去争取胜利，无论多么恐怖也要争取胜利，无论道路多么遥远艰难，也要争取胜利，因为没有胜利就无法生存。”丘吉尔领导英伦民众，将被很多人视为不可能的胜利带给了大不列颠。他带领英国，与美、苏、中、法等国的盟军一起，将胜利带给反法西斯的同盟国，即后来的联合国的主导方。但是，他又用震惊世人的“铁幕”演说，试图将胜利带给西方、带给他一生坚守的资本主义。恐怕他没想到，自此开始的东西方冷战，是那么深刻地影响了20世纪后半叶的世界史，甚至一直延续到 21 世纪的现在。

布莱尼姆宫是丘吉尔的起点。他的终点，定格于一所举世闻名的大学——剑桥大学。

美国有一个惯例，为每一位卸任的总统建造一座专题图书馆。英国的政府首脑是首相，但并无为卸任首相建造图书馆的习惯，温斯顿·丘吉尔是例外。在剑桥大学，因为当年丘吉尔的慷慨解囊，有一个以他名字命名的学院——丘吉尔学院；院内有一个以他为专题的档案中心——丘吉尔档案中心（Churchill Archives Centre）。

出生并成长于工业革命肇始之地的丘吉尔，在他的暮年，大概是洞察到进一步的科技革命可能会对人类产生的巨大影响，捐献百万个人财富，并利用自身的号召力引入包括美国肯尼迪家族在内的大量捐资，丘吉尔学院因此得以创建。1960 年，丘吉尔学院获得皇家特许状（Royal Charter）。短短 50 多年时间，丘吉尔学院已经能够与剑桥大学其他历史悠久的学院相媲美，在学术创新与人才培养上取得杰出成就。迄今，在全校 92 位诺贝尔奖获得者中，丘吉尔学院贡献了 30 位。按照建院时确立的宗旨，丘吉尔学院主要聚焦于科学、工程和技术领域。但是，该院同样对人文学科有浓厚的兴趣，这和它的创建者丘吉尔曾经获得诺贝尔文学奖的荣誉是相匹配的。

更重要的是，同样是因为丘吉尔无与伦比的影响力，丘吉尔学院拥有在全英独一无二的以一位首相为专题的丘吉尔档案中心。丘吉尔一生攒下的数十个显赫头衔，他经历两次世界大战，是第二次世界大战的“三巨头”之一，东西方冷战的始作俑者，与他有关的档案，具有极其重要的历史价值。因此，丘吉尔档案对于剑桥大学是一笔无价之宝，这也使得以科技见长的丘吉尔学院可以在历史等领域拥有不可替代的一席之地。尤其令我感兴趣的是，在丘吉尔档案中，有一部分与中国有关。例如，二战时期蒋介石、宋美龄与丘吉尔的信件，20 世纪 80 年代中英关于香港问题谈判期间撒切尔夫人的有关文献，等等。对于中国近现代史及当代中国研究来说，这些都是非常宝贵的历史文献。

今天，我们正是通过这些记录历史风云的档案，也通过那座同样记录功业与血统的布莱尼姆宫，知晓一个多面的丘吉尔，知晓他与生俱来的贵族出身，知晓他如何创立功业、再以功业反哺荫庇他的国家秩序，知晓他如何以标志性的“V”形手势鼓舞大不列颠，知晓他如何固守西方阵营与资本信仰，知晓他所启动的东西方冷战如何分裂了世界、也深度影响了中国。直至今日，从波罗的海到亚得里亚海横贯欧洲大陆的有形铁幕固然难觅其踪，可是，谁又能断言，东西之间傲慢、偏见与冷酷的无形铁幕，已经烟消云散？

（王智）

西式规则的可靠与不可靠

现代性（modernity）是个好东西，它让人类比以往任何时代都显得更为优越。西方创立了现代性秩序，并通过宗教、文化、殖民、战争等多种手段将其延伸到世界各个角落。毫无疑问，当下的西方人比非西方人更为懂得什么是现代性秩序、如何遵守现代性秩序。

马克斯·韦伯用《新教伦理与资本主义精神》这部名著证明西方产生现代资本主义的文化与宗教缘由，以此推导，中国是韦伯所称的无法内生出现代性的东方国家。事实上，在过去的百年，中国也确实一直在苦苦学习西方并追赶现代化。时至今日，按照西方建构的现代化标准，中国尽管在硬件方面已奋力追赶，但在软性的现代秩序的制定与遵守方面，仍被认为与西方差距显著。

可是当身处西方，我更多体认到的是“劳心劳力说”支配下的东西方的总体性鸿沟。在日常生活层面，所谓的西方“秩序”与中国“无秩序”恐怕在一定程度上被误读乃至神话。在英国这样一个最老牌、最正宗的现代化国家、后工业社会，作为最能够代言现代性的英国人，除了比中国人、东方人显得更为富足外，在对现代秩序的遵守方面未见得就多么“高大上”。

譬如闯红灯。前些日子，“中国式过马路”曾在国内引起广泛的关注、讨论与反思。所谓“中国式过马路”指的是凑够一定人数就闯红灯过马路。然而，此现象并不是中国“专利”，冠之以“中国式”未免有失偏颇。在英国的伦敦、爱丁堡、约克、亨利、里丁等大小城镇，常常可见“英国式过马路”现象，即一些英国人以及或许是生活在英国的一些人，并不屑于凑够一定人数，而是见到机动车间隙就强闯抢过。根据我的观测，犯规的人以自诩熟门熟路的本土英国人居多，反而是我们这些外国人，在语言不通畅的异国他乡“缩手缩脚”“畏首畏尾”“战战兢兢”，不敢随意“闯关”。我还看到，即使在海德公园这样的市中心区域，也不难发现被随意丢弃的垃圾；而白金汉宫边的人行地下通道中，竟然飘散着难闻的便溺味道；大小马路上的烟头也多处可见，堆放垃圾的角落污渍显著；美丽的泰晤士河也藏污纳垢；公交车司机内急之时会匆忙跑到街角就地解决，对待有语言障碍的外国人也会恶狠狠地说“I told you”，等等。

人类的劣根何其相通。根据之前的考察经验，我曾对香港的现代秩序深为叹服，再加上各种信息灌输，因此理所当然对英国在这方面可能具有的表现抱有厚望。但多日观察下来，即便不是大失所望，至少也是踩空一级台阶、有点趔趄的感觉。

更重要的是，也许由于强大和先进已久，英国及英国人要比中国及中国人更少学习、开放与包容精神。中华文化曾经灿烂辉煌，但近代以降，中西、华夷、道器、体用之辨被一论再论，中国已足够放低姿态，去沐浴欧风美雨，去学习西方改造自己。这个过程现在以及很久的未来，仍然在延续。但这并不代表我们一定要贴上西方文明先进、中国愚昧落后的标签。子曰：三人行，必有我师焉！择其善者而从之，其不善者而改之。中国一定要持续不断地学习西方以及一切优秀的文化，但并非西方已臻于至善，学之可一劳永逸，正如中国也拥有一些值得异域关注与学习的传统，但也不乏为人所鄙弃之物事。

言既至此，干脆再发挥一二。

话说1917年底，梁启超辞去段祺瑞内阁中的财政总长之职，决心“中止政治生涯”。1919年1月，梁启超一行抵达伦敦，开始为期一年的欧洲游历。梁启超的考察足迹遍及大部分欧洲国家，其中也包括伦敦、爱丁堡、伯明翰等城市，亚当·斯密、莎士比亚等名人故居，剑桥大学、牛津大学等著名学府。欧游之前，梁启超对中国传统文化持更多怀疑与批评态度；欧游归来，他竟以欧洲“科学万能”为需要放弃的迷梦，其实质是对欧洲现代理性的反思。梁启超的这一思想变换，见诸他所撰写的名著《欧游心影录》，此作被认为是梁启超倡导“中国不能效法欧洲”的“告白”。梁启超的观察与思考未必一定精准可靠，但彼时欧洲梦的幻灭却导致中国几乎一代知识分子的集体思想转向。换言之，在这之后，中国尽管仍然是在“效法欧洲”，可是理路与方向却已经与此前大相径庭了。

话题还是要拉回现实当中。在经过数十年历史风云翻覆之后，到20世纪70年代末80年代初，大门打开后的中国再一次将西方“至善化”，尤其是在知识界，一部分人“言必称希腊”，或者“言必称哈耶克”。或许，重提梁启超的欧游反思，有助于以史明智。在中西比较问题上，故步自封一定是不对的，断言历史已经终结，终结于西方形态或模式，也一定无法令人信服。就譬如前面所说的那些最为基本的现代秩序，你以为你“发达”了，你的国家是现代化国家了，你就不闯红灯了吗？

因此，西方规则有着可靠与不可靠的多重悖论。所谓西方国家的规则，有数百年积累的可靠秩序，也有随处可见的不可靠遵守。在中国知识界被神话的西方规则，并不是神话。同时，西方发达国家主导制定的过去数百年的国际规则，“可靠”地占据食物链上端，导致下端国家的“不可靠”。当近年来中国等越来越挑战规则、重新书写规则时，西方也必然致力于捍卫既有规则。

还有一个很能说明问题的佐证。根据媒体的报道，当地时间2015年1月20日晚9时许，美国总统奥巴马在其国会进行2015年国情咨文演讲，这是他任内倒数第二份国情咨文。奥巴马一如既往地展现其演讲技能，声称“But tonight, we turn the page”，洋洋洒洒的背后却难免夸夸其谈。我特别关注到奥巴马关于所谓中美谁来订立贸易规则的言论。在美国有线电视新闻网找到原文，仔细读下来，果然一如既往地领略到这位全世界最有权势总统的“霸气”。他说道：我们美国需要向海外销售更多商品，可是中国却在书写规则，这会对我们不利；我们为什么任由这种现象发生？我们应该书写这些规则（We should write those rules），云云。这话的逻辑听起来很“强盗”，牢记美国价值观的演说家奥巴马当然不认为自己是强盗，而是为了所谓的自由和公平。看来，近代以来习惯于坐在食物链上端、习惯于乐享世界体系中“劳心者”地位的美国乃至西方国家，一定不能容忍“劳力者”造反，不能容忍新来者“搅局”，不能容忍西方主导的秩序崩塌。奥巴马在位不久矣，此后的继任者，自然还会继续奥巴马式的、实际上是西方“上大人”式的大言不惭。我没有奥巴马的霸气，但总想模仿一句：美国和西方书写规则多年，这一直就对我们不利；我们为什么任由这种现象发生？我们应该书写这些规则，二三十个“劳心者”国度之外的芸芸“劳力者”众国需要真正属于自己的自由和公平。

（王智）

中西交会的历史吊诡

访问英国，必定要访问伦敦；访问伦敦，必定要访问举世闻名的白金汉宫。有人将白金汉宫与白宫、凡尔赛宫、克里姆林宫、故宫并称世界五大名宫，恰恰对应英国、美国、法国、俄罗斯和中国这五个联合国安理会常任理事国。《联合国宪章》规定在安理会中五个常任理事国的“大国一致原则”，可是作为五国各自象征的五大宫殿，在同样恢弘的风格背后，却是历史路径的巨大差异和现实制度的深刻分野。因此，从这五个宫殿的前世今生，或许可以观察到其各自所在国家的历史演绎与制度变革；进而，从这五个举足轻重且具有代表性的国家，亦可“滴水映日”，观察到世界寰宇数世纪来的沧桑足迹。

白金汉宫是英国的皇家宫殿，现在仍然是女王（国王）办公的地方。即便对于英国人，这也算是一个神秘或者说是“昂贵”的地方。我们在里丁大学（University of Reading）课堂上与英语老师伊莱恩（Elaine）聊起它，伊莱恩称她从未进去过，并对我们每人所花费的17.85英镑的门票价格连称“昂贵”。这座“昂贵”的宫殿，源自白金汉和诺曼比公爵约翰·谢菲尔德1703年置地所建的不起眼的“白金汉屋”。差不多60年后，乔治三世的购买行为，让这座“屋子”获得了皇家血统。而它真正成为英王宫寝，是在1837年维多利亚女王登基后。此前此后，白金汉宫当然经历了多次扩建豪装，才有今日盛景。

可是，历史年表告诉我们，白金汉宫具备皇家正式身份的时候，英国已经完成了资产阶级革命，以及此后奠定君主立宪体系的光荣革命。也就是说，这座伟大的宫殿，生来就只是礼仪意义上的国家最高权力禁地。可是，没有见证起点的白金汉宫，还是有足够的时间见证了从“不现代”走向现代民族国家的英国式改良道路的长久过程。我们知道，英国式改良道路对西方，甚至包括日本在内的东方国家的近代化影响巨大。中国晚清的“新政”，也试图保留帝，走君主立宪之路。不过大不列颠的经验在中国却严重水土不服，20世纪初中国的“皇族内阁”及所谓“立宪”尝试，忙乱若干年后很快烟消云散，被辛亥革命的飓风荡涤殆尽。今天，当我们在白金汉宫内观望金碧辉煌的宫廷繁复，再而凭栏远眺，观望皇宫外的英伦万象，仍然不得不透过这座宫殿，去追问历史长河里的制度困惑。这种制度困惑，体现中西交会的历史吊诡。

英国，现代资本主义的发源地，工业革命的肇始地。英国 1640 年爆发资产阶级革命，1688 年光荣革命确立君主立宪政体。在几个世纪的时间里，几乎在人类发展的所有方面都发挥巨大的影响力——休谟引领现代思想；亚当·斯密引领现代经济学；密尔、洛克等引领现代政治学；莎士比亚引领现代文学；牛津大学、剑桥大学引领现代教育；等等。英国毫无疑问值得学习，同时，通过英国可以深刻认识西方。但是，“日不落”帝国的霸业，对内是“羊吃人”的资本罪恶，对外是扩张、殖民、掠夺。“日不落”帝国是一个符号，象征的是本性一致的所谓西方列强。它们强行扩张或入侵到东方落后国度，带来了现代性，也带来了屈辱与血火。

因此，离开白金汉宫，我们可以在中国的澳门特别行政区，获得对于近代以来中西交会之历史吊诡的进一步体认。

2005 年 1 月，我有了第一次澳门之行。此后我在博客里写道：“对于首次踏上澳门土地的人来说，会既有似曾相识的熟悉感，亦有疑处异域的陌生感。熟悉感存诸澳门街巷内南方中国的市井生活中，陌生感则在于此处随处可见的西国以及东南亚诸文化印记。中西文化在澳门有非常奇妙的结合。”2015 年乙未正月的濠江三渡，距离第一次整整十年，我以为，如上判断仍然有效。可是，当下澳门多样文化安然相处的样貌，得来并不容易。方圆数公里的澳门历史街区，所要诉说的是历史吊诡。

在澳门半岛的中心高点上，坐落着威风八面的大炮台（又名圣保禄炮台、中央炮台或大三巴炮台）。16 世纪中叶，一些葡萄牙人来到澳门，获得明朝政府许可在此定居，并于 1617 年始建大炮台，构筑捍卫葡萄牙人利益的军事防御体系。这是中国现存最古老的西式炮台建筑群，是西洋人在东方国家暴力取地攫利的见证。如今，群炮环绕的中心，是安静讲述过往的澳门博物馆。大炮台的历史似乎泯灭如烟尘，有的是游人如织、来来往往、呼朋唤友、拍照留念。

从大炮台下来，在去往大三巴的途中，矗立着一位西方传教士、意大利人利玛窦的塑像。塑像旁的铭牌上介绍：1582 年盛夏，而立之年的利玛窦抵达来华的第一站澳门，第二年离开，此后几经辗转，获得明神宗批准留京；利玛窦的知识积累跨越宗教、人文与科学，学识渊博，工作勤奋，对“西学东渐”和“东学西渐”均贡献卓著。因此，恐怖炮口下的利玛窦塑像，在诠释着过去几百年中西文化的良性互动。可是，利玛窦在来到东方之前，曾停留于非洲的莫桑比克；当他再度启程奔赴印度之时，船上满载的是 400 名被贩卖的黑奴，其中 13 人在艰苦跋涉的途中丧生。文明的传教竟然与罪恶的交易勾连。包括中国人在内的东方人应该感谢利玛窦等带来的近代启蒙，但是不是也应该警惕文明背后的利益和利益伴生的罪恶。

就是这尊利玛窦塑像的目光所及，即澳门最具代表性的地标——大三巴。雄伟的大三巴，其实只是建成于1637年的圣保禄教堂的残存。“三巴”即“圣保禄”之意（葡萄牙文São Paulo）。与之相关的圣保禄学院，1594年启用，被认为是中国，也是远东境内最早的西式大学。可是在历史上，给中国人带来深重灾难的鸦片，最早就是由葡萄牙人经由大三巴下的港口输入中国的。而中英鸦片战争，也给葡萄牙人在中国进一步巧取豪夺、趁火打劫以理由与信心。在明王朝时还在做“央求状”的葡萄牙人，到晚清终于升级为“洋大人”。因此，在1925年，留学美国的闻一多悲愤而作《七子之歌》组诗，怀思被外国列强侵占的七处中国国土，澳门是第一个：“你可知‘妈港’不是我的真名姓？我离开你的襁褓太久了，母亲！但是他们掳去的是我的肉体，你依然保管着我内心的灵魂。三百年来梦寐不忘的生母啊！请叫儿的乳名，叫我一声‘澳门’！母亲，我要回来，母亲！”

从大三巴拾级而下，还可以看到一个大大的圆环中两个站立的青年雕像：一个来自遥远西方的青年男子，远涉重洋来到澳门，美丽的本地少女手持莲花，向他表示欢迎和友好之意。这是非常美好的画面，也是真实的历史一面。可是真实的历史还有另一面。就在离此地不远的澳门南湾，从1940年直到1992年，一直高高耸立着第79任澳督亚马留（又译作亚马喇、亚马勒，葡文原名Joao Ferreira do Amaral，1846年就任）跃马滥杀的雕像。凶残自大的亚马留在澳门暴行无度，激起民愤，1849年被望厦村民沈志亮等刺杀。

如果不是恃强凌弱，如果不是欲壑难填，如果不是高傲自大，不同文明之间当然是可以和平相处，也是可以融通交流的。可是，在漫长的历史长河中，太多欲望之徒、自大之国，让本可以共处之文明血雨腥风、灾祸不断。面积不大、繁华无限的澳门历史街区，如同游人如织的白金汉宫，是历史吊诡之见证。这些故事，即便沧海桑田，亦不可湮没。

（王智）

维多利亚女王的“中国风”

从英伦南端的利明顿（Leamington）乘轮船，渡越宽约五公里的索伦特（Solent）海峡，即可抵达风景绮丽的怀特岛（Island of Wight）。怀特岛面积虽然仅380平方公里，却是大不列颠的“掌上明珠”，岛上鬼斧神工的白崖（Needles）、时光久远的卡里斯布鲁克城堡（Carisbrooke Castle）和神秘华贵的皇家奥斯本宫（Osborne House）等，兼具自然与历史特质，令人神往。其中，奥斯本宫是英国历史上在位时间最长的君主——维多利亚女王对怀特岛情有独钟的见证。

1837年6月20日，年仅18岁的维多利亚登基为英国女王，从此开始长达64年的巅峰生涯。尽管此时英国国王虚位的君主立宪制已臻稳定与成熟，但仍不影响维多利亚开创属于自己的、他人不可超越的时代——“维多利亚时代”。在此数十年间，英国的统治范围达到了3 600万平方公里，经济及贸易总量在全球遥遥领先，从东半球到西半球、自南半球至北半球，“日不落”帝国威风八面、不可一世。

可是，不管是作为一国之君，还是“欧洲之母”，抑或王霸天下，风光无限、万众膜拜的维多利亚始终心属怀特岛。维多利亚在孩童时期对怀特岛有过一次不经意的访游，此后便对岛上庄园难以忘怀，称之为：It is impossible to imagine a prettier spot。1845年，女王和丈夫阿尔伯特亲王买下奥斯本庄园以及周边田地作为自家的世外桃源。此后，女王一家在奥斯本宫度过了属于他们的美好时光。1901年1月22日，在子嗣陪伴下，维多利亚女王逝于宫内的卧榻之上。一个时代结束了。

这是怎样的一个时代？诞生在与怀特岛隔海相望的朴次茅斯的查尔斯·狄更斯，在《双城记》中写出了这么一段警世名言：“这是最好的时代，这是最坏的时代；这是智慧的时代，这是愚蠢的时代；这是信仰的时期，这是怀疑的时期；这是光明的季节，这是黑暗的季节；这是希望之春，这是失望之冬；人们面前有着各样事物，人们面前一无所有；人们正在直登天堂，人们正在直下地狱。”

诚哉斯言。英国开创的工业革命、资本扩张，给世界带来了前所未有的物质财富，满足了人类前所未有的欲望。可是，我们要追问，维多利亚女王给中国带来了什么?

1840年，维多利亚女王结婚时，穿上了一件由中国锦缎制作而成的漂亮的白色礼服，体现华夏文化的中国元素让她惊艳了全场。可是，就在这一年，英军占领了新西兰，标志着英国在全世界的殖民体系形成；也还是在这一年，维多利亚女王在议会上发表了著名的演说，呼吁“为了大英帝国的利益”，向中国发动以鸦片为名的侵略战争。从第一次鸦片战争开始，维多利亚女王还经历过对中国的第二次鸦片战争、1898年中英《展拓香港界址专条》，以及令中国空前丧权辱国的英、美、日、俄、法、德、意、奥八国联军侵华。在此期间，女王治下的英军铁蹄，两度占领中国的首都并劫掠烧杀。

当世的英国汉学家蓝诗玲认为，“鸦片战争爆发的主要原因是经济利益：英国政府为了补偿受虎门销烟影响的鸦片商人，想从清政府那儿收回资金。很显然，英国政府发动战争是为了确保鸦片贸易带来的收益。这笔收益对英国政府的政治、经济与军事至关重要”。“换言之，鸦片战争并非部分中国人所谓‘帝国主义长期的阴谋’，也不是部分英国人所谓‘以文明和自由贸易为目的’。”在我看来，蓝诗玲的这一观点，就如她的名字一样“委婉”。鸦片战争的导火线是鸦片及贸易，可如果英国当年所要的只是贸易受损的补偿，如何成就“日不落”帝国霸业。作为汉学家，研究鸦片战争起因，不能漠视作为鸦片战争阶段性结果的《南京条约》，割地、赔款、五口通商及此后各种条约带来的各种利权鲸吞，哪有委婉之意？若维多利亚女王泉下有知，也难以否认在她的时代大英帝国的对外远征，是战略扩张，而不仅仅是贸易之蝇头小利补偿。

古今多少事，难付笑谈中。今天，当我们沉醉于怀特岛的美景，在奥斯本宫回望维多利亚时代，自然会记起当年狄更斯关于那个时代特质的振聋发聩的表达。怀特岛非常宁静，岛外的世道人间却一点也不宁静。“最好的时代”与“最坏的时代”的悖论仍在延续。

（王智）

从“红色克莱德河岸”到马克思墓

苏格兰高地（Highlands of Scotland）的行程，前后两晚均入住位于格拉斯哥（Glasgow）市区东南边缘的一个快捷酒店。苏格兰有极其悲壮的历史，苏格兰高地有异于不列颠岛大多数地方的奇美景物，可写的东西确实很多，一开始并未太在意酒店的所在地。可是，在进入苏格兰高地腹地之前的洛蒙湖畔拉斯小村时，我偶然读到一本名为《苏格兰历史》（*Scottish History*）的小书。这个2014年刚刚出版的小册子，大概手掌大小，内容很是简约精练，其中有一章（也就是一页）标题为“红色克莱德河岸”（Red Clydeside），题目下面的图片是我们非常熟悉的红底橙色镰刀斧头红星图案。突然间想起，这两晚下榻的酒店旁，不正是有个斯特拉斯克莱德湖（Strathclyde Loch）以及克莱德河（River Clyde）吗？这倒引起了我对于克莱德河以及格拉斯哥市的兴趣。不过，实际上除了入住酒店坐落于格拉斯哥域内，我还未有更多机缘近观详察这座城市。

格拉斯哥是苏格兰最大的城市，在整个英国号称是仅次于伦敦和伯明翰的第三大城市（有争议，例如曼彻斯特或利兹）。这座城市，自工业革命以来，拥有无限荣光，曾经是大英“帝国第二城”，继伦敦和巴黎之后第三个人口达到百万的欧洲城市。同时，这里也人文荟萃繁盛，杰出人物辈出，科学家瓦特、经济学家亚当·斯密、首相托尼·布莱尔、詹姆斯·戈登·布朗以及各类明星等可以罗列一大把。这样一个具有显赫历史的城市，离不开“母亲河”的哺育，此即克莱德河。这条蜿蜒 176 公里的苏格兰第三长河，在格拉斯哥奔入克莱德湾，融进爱尔兰海。

18 世纪英国城市及其经济的迅速扩张，引起格拉斯哥大学亚当·斯密教授的关注与思考。1774 年，他推出传世名篇《国富论》（全名为《国民财富的性质和原因的研究》，此作被中国清末的启蒙思想家、1879 年毕业于伦敦皇家海军学院的严复首译为《原富》）。这是现代经济学的奠基之作，确立了资本主义自由经济的理论基础，马克思却从中看出自由经济产生“周期性经济危机”的必然性，用亚当·斯密的观点培植“红色种子”，推导出计划经济以及社会主义—共产主义的救治药方。以亚当·斯密、李嘉图等为代表的英国古典政治经济学，也被认为是马克思主义三个主要理论来源之一。

当然不能简单认为“红色克莱德河岸”是此枚“红色种子”的开花结果，可是它们都与格拉斯哥有涉，将其关联一下也未尝不可。事实上，“红色克莱德河岸”被作为英国历史上并不多见的政治激进主义时代的代名词，俨然是苏格兰的格拉斯哥市以及克莱德班克（Clydebank）、格里诺克（Greenock）、佩斯利（Paisley）等的共同地理标志。“红色克莱德河岸”的历史，也构成大不列颠，尤其是苏格兰劳工运动史的重要组成部分。

这段历史，从20世纪初延续到20世纪30年代，其遗产直到今天仍然可见。当时的报纸使用“红色克莱德河岸”指称这一劳资及政治斗争时期。1911年3—4月，11 000名克莱德河岸纺织机器工厂的工人罢工，抗议劳动量剧增而工资减少，劳资之间产生剧烈冲突，资本家开除数百名工人及其领导人，其中包括后来的英国共产党首任主席阿瑟·麦克马纳斯（Arthur McManus）。1919年，大量社会主义者高举红色旗帜聚集到格拉斯哥的乔治广场，引起政府恐慌，政府甚至调动军队应对。在这一过程中，“红色克莱德河岸”的工人开始组织化，发展成为工人政治团体。1919年8月28日列宁在《给西尔维娅·潘克赫斯特的信》中，对当时英国格拉斯哥克莱德地区的工人委员会给予肯定性的分析。

阶层及利益取向的差异导致“红色克莱德河岸”的政治斗争绵延不

断，可是苏格兰并没有因此发生革命，斗争总体上限于和平与妥协的方式，并部分地诉诸体制内的选举框架。1922年，不管其是否可以没有争议地代表工人，工党首度赢得苏格兰多数议员席位，开始创造新的政治图景。一些“红色克莱德河岸人”（Red Clydesiders）进入下院等权力机构。

直到晚近，格拉斯哥仍然时不时因为政治与产业领域的斗争而出名。那段关于克莱德河岸浓墨重彩的传奇过往也成为格拉斯哥的显著特质，卓然独具苏格兰的左翼特质。相应的，“红色克莱德河岸”的时代遗产仍然对英国当代政治具有影响力。“红色克莱德河岸人”的故事，仍然具有现实的政治驱动力。在1989年格拉斯哥的中期选举中，苏格兰民族党（the Scottish National Party，SNP）的候选人亚历克斯·尼尔（Alex Neil）即自称“新克莱德河岸人”。

与“红色克莱德河岸”遥相呼应，就在泰晤士河入海口的伦敦市，有一座葬有众多名人的海格特公墓，伟大的马克思即长眠于此。根据我所看到的有限材料，“红色克莱德河岸”的故事与马克思之间，似乎并无直接关联。可是当我漫步克莱德河岸数周后，来到伦敦北郊海格特瞻仰马克思墓，却自然地浮想联翩，透过具象空间转换来审视抽象的精神链接。

这是一个天气阴沉的冬日。辗转几条地铁，再花费4个“胖子”（我们赋予英镑的诨名），才能进入林木繁茂、小径通幽的海格特公墓。马克思墓位于海格特公墓的深处，却因为伫立有马克思雕像，很是显眼。更加引人注目的是，在高高宽宽的雕像底座上，刻有震烁人心的“金色”的至理言论。最上面两行，即《共产党宣言》的卷末语：“全世界无产者，联合起来！”这句话是如此巨大地影响了此后人类的发展进程，引领了国际共产主义运动的发生发展，也在社会主义实践的低潮时期、更在西方资本新危机时期，引发无数思想者的持续思考。最下面的四行字则是：“哲学家们只是用不同的方式解释世界，问题在于改变世界。”此句来自马克思1845年撰写的《关于费尔巴哈的提纲》的卷末语，与战斗檄文式的“全世界无产者，联合起来”互补互证，发人深省。

生于德国、奔走于欧洲多国、终逝于英伦的马克思，很清楚地知道他与恩格斯创立的理论会对当世有多么大的批判力以及对后世有多么大的建构力，可是他恐怕想不到，时间流转到了21世纪，每年每月竟然会有如此众多的来自遥远东方的中国人，不远千山万水来到他的墓前凭吊和瞻仰。我们不能说这些造访者都是基于信仰，可是我们不能否认内里的精神牵引。

马克思逝世于1883年3月14日，享年65岁。正如恩格斯在马克思墓前所说：“马克思是当代最遭嫉恨和最受诬蔑的人。各国政府——无论专制政府或共和政府，都驱逐他；资产者——无论保守派或极端民主派，都竞相诽谤他，诅咒他。”所幸英国比起欧洲大陆，多了那么一点点包容，或者说后知后觉，马克思因此在雾都伦敦获得容留。此时期的马克思仍旧困顿不堪，却不影响他沉浸于大英博物馆，创作出《资本论》等皇皇巨著。可是，或许正因为《资本论》的批判力深入骨髓，马克思因此耗费太多的精力，生命终止于思想的盛年，令人唏嘘。

可以说，百余年以来，盛衰交替的工业城市格拉斯哥历经“红色克莱德河岸”的是非曲直，成为苏格兰乃至英国政坛左右之争的独特现象。一个资本主导、阶级与阶层分立的现代社会，过去、现在以及未来，一定延续耐人寻味的保守与激进之双重变奏。这种变奏的内在逻辑，则需从英国的另一红色符号——马克思及其《资本论》等论著中获取解释线索。因此，我以为，在克莱德河与马克思墓的隔空遥望中，自有一种批判精神、一种饕餮思想、一种宏大理想穿引接连，连绵不绝。

（王智）

前总统卡特谈中国与美国

今天，我们去听了美国第39任总统吉米·卡特的电视访谈。说到这次电视访谈，我们是从21世纪中国计划（21st Century China Program）发到我们邮箱里的一个邮件中得知的。听说大多数人都是从这个邮件中得到的消息自愿来听这次电视访谈的。来了很多人，而且来得都很早，看来确实有不少人在关注中国，更关心中美关系。正在寻找座位时，前排的两位老人引起了我的注意，好奇心驱使我用蹩脚的英语跟她们打了个招呼。两位老人家一位90岁，另一位88岁，都是拄着拐杖来听访谈的。她们说每当有关于中国的讲座或访谈时她们都会积极参加，因为她们去过很多次中国，特别喜欢中国，也渴望了解中国，更关心中国。知道我来自中国，她们很是高兴，也很亲切地与我合影。

作为90岁的老人，卡特思维非常敏捷，不仅回忆了与邓小平的交往，还就台湾问题、中日关系、香港问题、朝鲜问题、中国梦问题逐一与主持人进行了对话。他指出，在过去的三十多年里，中国发生了巨大的变化。中国已成为世界第二大经济体，老百姓的生活也变得越来越好。他认为，中国在改革和发展中有很多经验，比如中国帮助了很多贫困和落后的国家，特别是帮助非洲修建高速公路、学校、体育馆，为当地基础建设输送了大量工人，做了大量的援助项目。卡特认为，不可否认，中美两国之间存在着差异，中国有着悠久的历史，也有其独特的现代化道路，美国的现代历史则有它的特殊性，两国的政治体制有很大的不同，两国的文化表现出了多方面的差异。但是，除了差异之外，中美之间也有重要的共同利益。

看了这次访谈之后，我又在网上查找了卡特的几次访谈，特别是重新看了杨澜对卡特的采访。在杨澜的电视专访中，作为中美关系正常化的主要决策者，卡特高度评价了过去三十多年间中美关系的良好发展。卡特对中美关系的认识可以说是深刻的，正如中国社会科学院荣誉学部委员、美国研究所研究员陶文钊在谈及中美关系复杂性的时候所说的："你几乎举不出一个方面，我们只有竞争没有合作；你也举不出一个方面，我们只有合作没有竞争，在任何方面，我们都是又要合作又要竞争。"李克强总理于2013年3月17日与中外记者见面，在回答美联社记者提出的问题时说道：不否认中美之间有分歧，但只要相互尊重对方的重大关切，管控好分歧，就可以使共同利益超越分歧。习近平总书记多次指出，中美两国应该牢牢把握构建新型大国关系正确方向，坚持不冲突不对抗、相互尊重、合作共赢原则，从双边、地区、全球各个层面推进两国务实交流合作。因此，中美两国最重要的问题是和平共处，尽全力避免陷入“修昔底德陷阱”。

2015年7月28日，美国著名主持人汤姆·哈特曼（Tom Hartmann）采访了卡特。卡特认为，当今美国存在很多问题，特别是民主制遭到了极大的破坏，“美国的伟大来自其政治制度，而这两起判决违反了政治制度的本意。现在，我们不过是个寡头国家，无论是得到候选提名，还是当选总统，本质都是不受限制的政治贿赂。州长、参议员和国会议员选举也没什么两样。现在我们已经见证了我国政治制度受到颠覆，获益者是大金主们，他们出了钱，选举之后自然想得到、预期得到、有时候也确实能得到政策照顾……目前在职的政府官员，不管是民主党人还是共和党人，都把上不封顶的政治献金看作巨大的私人利益。已经跻身国会的议员们则有更多可以待价而沽的东西”。卡特的尖锐言论仅是一己之见吗？美国《赫芬顿邮报》网站8月3日刊登作者为埃里克·朱斯（Eric Zuesse）的文章《卡特说得对，美国不再是民主国家了》，文章称，主要的“新闻”媒体已经为权贵政治所拥有和控制。“新闻自由”实际上仅仅是权贵控制“新闻”

的自由——根据他们希望的方式操纵公共问题。由权贵指派的媒体经理人挑选编辑，而这些编辑再雇用记者来制造权贵们可接受的宣传，从而作为“新闻”出现在公众视野中。

花了很多时间在讲卡特的电视访谈，还是回到这次观看电视采访吧。因为来到的是一个中学，对于会场、会序及内容都不太了解，难免有些惴惴不安，接待我们的虽是一位美国人，但却能讲流利的中文，一问才知道他曾在中国工作了 7 年，其中北京 4 年，上海 3 年，对中国人非常友好，对中国印象深刻。他们组织了这次活动，关注的是中国问题。最后，一位兰德公司的项目经理马利明（Lyle Morris）受会议邀请做了一个关于中国问题的发言，他认为中国对非洲有很多援助，这无论对世界、中国还是非洲都有很多积极的作用，但是中国的援助也会带来一些问题，比如说这些援助缺少技术支持，中国援助主要是为了获得资源、市场等利益，中非关系能否让中国更强大，以至于对世界构成威胁等。这份报告还是让我非常震惊的，怎么会有人如此深入而细致地在研究中国？虽然他的很多观点我不能认同，但客观上说，马利明的研究总体上有一定的学术性，而且他的中文讲得非常流利。他说，现在一些交流机构在分析和研究中国，同理，我们也应该更多地研究他国，特别是美国。

回国后，又看了看兰德公司对中国援助非洲的研究，其认为，中国援助非洲有明显的全球意图，有些分析人士认为，随着中国权力的增长，它在扩大其全球影响力。没想到中国对非洲的援助引来如此多的关注，也引起了诸多机构的研究。实际上，中国既是非洲长期以来的外交伙伴，也是它的新的投资者。中国是在平等、互相尊重和互惠互利的基础上推进在非洲的存在，中国通过稳健的经济发展和对非贸易促进了非洲人权的改善。非洲官员们压倒性地认为中国在非洲的角色是积极的，欢迎中国突出强调的不带附加条件的政府对政府的合同。许多非洲人赞赏中国对他们国家的基础设施的贡献，强调这些可见的改善有助于扩大经济活动，为当地工人创造就业机会，改善公路、铁路和桥梁以及其他交通网络，所有这些都使普通居民受益。兰德公司高级国际政策分析员拉里·哈诺尔（Larry Hanauer）指出，虽然中国“无附加条件”的投资方式可能滋长了当地政府的腐败和低效，但其接触政策并未从根本上削弱美国在非洲大陆上的经济和政治目标。相反，中国建造的基础设施可以降低商业运作的成本，扩大区域市场的规模，这些都为非洲和美国投资者增加了盈利机会。美国和中国的方法和利益在本质上并不互相抵触，美国官员——包括小布什和奥巴马在内——已经否认了华盛顿和北京正为在非洲的影响力和通路进行一场“零和”的竞争。简言之，中国不是美国在非洲利益的战略“威胁”。

这次电视访谈活动给我最深的感受是，美国密切关注中国的发展，一些智库在认真地研究中国的政策，在与美国普通人的交流中，能够感觉到他们对中国崛起、中国制造的忧虑，总是担心中国会超越美国。

（李庆霞）

英语何以走向世界？

在访英之前，曾为自己的外语口语水平不够高而担心过，也曾专门做了一些准备和攻略。来到英国之后，每天用英语与人打交道，浸润于真正的英语语言文化之中，不由自主地对英语本身产生了反思的兴趣，思考起英语何以走向世界的问题来。众所周知，英语在当今世界是一种通用语言，世界范围内以英语为官方语言的国家超过 70 个，并且这个数字还呈增加态势，如 1996 年卢旺达就宣布给予英语以国家官方语言地位。在世界各国的外语教学中，英语被不少国家列为第一外语，甚至还有国家用英语取代其他语言的第一外语地位，如曾为法国殖民地的阿尔及利亚 1996

年开始用英语取代法语作为外语教学中的第一外语。英语成为国际通用语言，为不同民族、种族和国籍的人们架起沟通的语言桥梁，以至于世界各国的机场、火车站和风景旅游区，一般都会以英语做语言标识。这从一个侧面反映了英语在世界范围内的普及状况和被普遍接受的程度。

英语何以成为国际性的语言？是因为英语有别的语言所无可比拟的优越性，还是因为讲英语的人多，或别的什么原因？实际上，英语本身并不具备任何天然的优越性。比如，就表达的精确性和优雅性而言，法语就胜于英语，这也是为什么一些重要的国际文件都要用法语加以表达的原因所在。有关研究表明，从发音的生理角度讲，英语、法语发音有明显的差异，法语发音的基础部位主要位于口腔前部，发音显得清脆明快，而英语的发音部位比较靠后，发出的音要经过口腔。另外，据说法国人在发音时口腔肌肉拉紧，而英国人发音时口腔肌肉较松弛。因此，人们觉得法语发音要求严格，英语发音却漫不经心。这也从一个侧面解释了为什么法语听起来十分优雅。或许正是因为这样，法国人才对法语有一种天然的优越感。尽管如此，英语在当今世界的地位却不以法语的优越性和法国人的意志为转移。

那么，英语在国际范围内的地位是如何奠定的呢？大家知道，英语，顾名思义就是英国人的语言，从这个意义上讲，在远古时期，世界上只有英国人才说英语。就是距离英国最近的欧洲邻邦，如英吉利海峡对岸的法国等，也都分别有属于自己的语言，就遑论远在世界其他洲的人民了。英语之所以成为世界语言，为多国人民所使用，这与英国在历史上推行殖民主义扩张有关系。众所周知，英国是一个岛国，国土面积不大，资源禀赋并不丰富。进入工业革命以后，伴随着工业生产的发展，原材料和商品市场成为现实而紧迫的需要，这就驱动了英国人向外扩张的步伐，寻求新的原料产地和商品市场。遍览今天以英语为母语或官方语言的国家，在历史上要么曾沦为英国的殖民地，要么曾被英国殖民侵略，要么是英国人移居于此。由于英国人在世界各地殖民统治的建立，英语自然成为不少国家的官方语言，尽管不少殖民地人民后来以革命的方式摆脱了英国的殖民统治，但由于殖民统治时间的长久，语言已为人们普遍接受，英语成为这些国家摆脱殖民统治独立后的官方语言也就水到渠成。英国人向海外拓展疆域，开辟了新的大陆，移居于新的地方，自然也会把语言带过去，比如英国人发现美洲以后，把英语也带到了美洲，特别是美国立国以后，英语自然就成为美国的母语。因此，在一定意义上可以讲，英语国际语言的地位是英国向海外拓展疆域和殖民统治所成就的。在这一点上和拉丁语对欧洲国家语言的影响，西班牙语、葡萄牙语对西班牙、葡萄牙殖民过的地方的影响具有相似之处。古罗马时期伴随着罗马人向外扩张，拉丁语被带到欧洲许多地方，欧洲各国语言或多或少都打上了拉丁语的印记。比如英国曾经也被罗马人统治过，所以今天英语的一些词汇就起源于拉丁语，受拉丁语的影响，带有拉丁语的痕迹。今天在拉丁美洲不少国家之所以讲西班牙语或葡萄牙语，就在于这些地方的国家曾经被西班牙或葡萄牙殖民过。回顾历史可以发现，伴随着军事政治的殖民扩张，往往会形成语言文化的扩张。和拉丁语、西班牙语、葡萄牙语的文化扩张不同的是，英语向外扩张的范围特别广泛，遍布世界各地，这是因为英国殖民主义者在历史上向外扩张的范围非常广泛。在英国殖民扩张的鼎盛时期，无论是在世界的东方，还是西方，都有英国的殖民地。在属于英国殖民管辖的范围内，一天内都可以看见太阳，正是在这个意义上鼎盛时期的英国被称为“日不落”帝国，英语自然也就成了“日不落”语言。第二次世界大战后，曾经是英国的殖民地或半殖民地的亚非拉国家，尽管纷纷摆脱英国的殖民统治，但英语使用的时间已久，已为当地人民普遍接受，确立英语为官方语言也就水到渠成、顺理成章。一言以蔽之，英语成为国际语言的历史，实际上是英国向外扩张、向外侵略的一部殖民史。从这个意义上讲，如果不是英国曾经一度拥有强大的经济、军事和政治实力，并在世界各地建立殖民地或半殖民地，把英语和英国文化输出到殖民地，英语就不可能获得现在国际通用语言的地位。

英国殖民统治奠定了英语成为世界语言的基础，但它在与世界其他语言的竞争中能真正成为当今世界的通用语言，还与近现代历史上英美国家在科学技术、文化经济领域的领先地位有密切关系。英国在人类历史上最先发生工业革命，是工业革命的缘起国，对工业革命贡献巨大，工业革命时期绝大部分重大发明创造都源自英国。新的科学发现和技术发明最先在英国出现，使用英语词汇加以表达便是必然的事情，这使英语词汇中增添了数以万计的新词。非英语国家的人民要了解这些科学发现和技术发明，必须学习英语，而且要学好英语才能掌握这些最新科技成果。否则，便意味着他们不得不花费大量人力、财力、物力重复英国人的发明创造或无缘掌握这些技术发明。19 世纪之前的几个世纪是英国人的世纪，到了 19 世纪末，尤其是进入 20 世纪以后，美国取代英国成为世界上经济发展最快的国家，在美国人中产生了同英国工业革命时期一样伟大的人物，托马斯·爱迪生等就是其卓越代表，一个又一个的新发明、新发现、新创造被美国人做出，与之相关的科学技术文献自然也是用英语写作的，这同样推动了世界各国人民因掌握最新科学技术的需要而学习英语。不仅如此，科学技术的发明还促进了通信和交通事业的蓬勃发展，相关的安全标准和技术规范也都沿袭英美国家的标准，统一使用英语加以规范表达。今天，世界各国人们学习英语，其中既在于英美国家强大实力所缔造的强大影响力，也在于追赶科学技术发展世界水准的客观需要。

由此看来，尽管语言在任何时候都仅仅是人们思维表达的工具和文化符号，但语言的使用与传播则有着复杂的因素。一种语言被普及绝非缘于语言本身，而在于语言背后的多方面原因。要认识和明白语言现象的奥秘，往往需要超越语言本身。这正如一位英国的语言学家所讲的那样：语言不能独立存在。语言只存在于使用者的大脑里、嘴巴里、耳朵里、手中和眼睛里。使用的人在国际舞台上获得成功；他们的语言跟着获得成功；使用者失败了，语言也跟着失败。

（白显良）

偶然背后的必然

2014 年 10 月 27 日，也就是英国当年实行冬令时的第二天，延续着冬令时之前的生物钟早早起床，迎着新一天的晨曦呼吸几口新鲜空气并打开微信，发现有同学头天晚上在微信群里讲了一个十分有趣的事情：25 日，也就是周六晚上，石头先生（一同学的昵称）周末外出在里丁火车站讲了一个“人品大爆发”的真实故事：自己的老师曾在澳大利亚某景点的洗手间里，竟然遇到了自己多年未遇的同学。26 日相同的故事则在一位学员身上上演，这位学员 26 日利用周日去大英博物馆参观，在大英博物馆的洗手间中遇到与自己失去联系二十多年的小学同学。这位学员第一眼没敢认自己的同学，脑子里闪现的是“这不可能”，因为这是在英国，不是在中国，脑子里想或许仅仅是长得像了点，千万别弄错了，大千世界长得像的人多了去了，毕竟是二十多年没有见过面，况且中国女孩“女大十八变”。但后来两人在大英博物馆的大厅里再次相遇，四目相视中两人都感到疑惑和好奇，彼此的脸上都传递着一种莫可名状且不可置信的惊讶，此情此景令我们这位学员不再怀疑，而是坚信自己遇到的这个人就是自己的小学同学。于是十分有礼，也十分谨慎地去和对方打招呼，这一招呼让彼此大为惊讶，再一聊彼此都震惊于二十多年没有见过的同学能在远离祖国的大英博物馆相遇。这怎能不让人感慨世界真小，生活真奇妙！让想都不敢想的事情变为现实呈现在眼前，以至于不期而遇者自己都难以置信，如临梦境！

实际上，此类事情也并非孤立的个案，在生活中经常上演。就在我看到我们的同学发这条微信的前一天，我还目睹另一位学员与他的大学同学在英国的一个小镇上相遇。他的这位同学因公务出差到英国，在英国停留总共只有几天时间，在这个小镇上待的时间就那么几个小时。但就是这么几个小时的时间让两个之前没有任何联系的同学在异国他乡，并且是异国他乡的小镇上产生了交集。设想，其中任何人任何一个方面行程上的些微变化都可能让这个交集不会发生，正是一系列的巧合才促成了交集的形成。笔者本人之前也有过类似的经历，几年前，在欧洲某地的广场上拍照留影以做纪念，广场上人很多，各种肤色、人种、国别，在拍完照片看照片是否符合自己的预期时，偶然发现照片背景中怎么有一个熟悉的身影，再一看不就是自己的一位朋友吗？顿觉太有戏剧效果了，自己和朋友之前彼此也没有任何沟通和相约要来欧洲某国，怎么在同一时间、同一地点还出现在了对方照片的背景中。这样的巧遇巧得让人不可思议，讲出来感觉是纯粹的故事。我相信这样的故事在生活中，不少人都曾经碰到过或经历过，这属于生活中的偶然事件，并且是十分碰巧的偶然事件。在一定意义上，这纯粹是小概率事件。我这里想讨论的是这样的“偶然性”“小概率”背后有无必然性？如果有，又是些什么样的必然性？

众所周知，作为哲学范畴的偶然性与必然性，是对生活实践中频繁发生的偶然性与必然性事件的智慧反映、学理概括。实际上，生活本身就是在偶然与必然的多样组合中演绎精彩的，生活时时、处处都在上演必然性与偶然性的精彩纷呈，并且在每一个偶然与必然的关联中都包含着深刻的学问。比如，以每一个人来到这个世界这件事情来讲，每一个人降生于世本身就是一个小概率事件，是纯粹的偶然事件。我们不妨从生理学意义上简单地讲一讲这个道理：无疑，每一个人来到这个世界，需要以其爸爸、妈妈的存在为前提。当然，这里所讲的爸爸、妈妈的存在，并不是他们作为单个个体的存在，而是他们要组成一个家庭。试想，在芸芸众生之中，两个人要走到一起组成一个家庭本身是多么不容易的一件事情，他们彼此如果没有“看上对方”，没有走到一起成为一对伴侣，那情况就完全是另一番光景。问题在于，就算有了后来被称为爸爸、妈妈的两个人走到了一起，组成了一个家庭，这也并不意味着必然会有某个人的降生。因为，从生理学的意义上讲，某些条件一改变，降生的就完全可能不是某个人，而是某个人的哥哥、姐姐、弟弟、妹妹！某个人的降生，意味着这其中又有若干因素发生了巧合。这才追溯到一个人来到世界，在爸爸妈妈这个层面的一些条件，如果进一步追溯，追溯爸爸妈妈来到这个世界的前提性条件，不追溯远了，仅仅追溯两三代，概率之小就足以让一个人难以表达。从这个意义上讲，任何一个人的出生都是一个纯粹的小概率事件，都是非常难得的一件事情。懂得了这个道理，懂得了自己来到这个世界上有多么不容易，任何人自然就没有任何理由不珍惜自己的生命，不善待自己的存在。如果再从生理学意义上进一步分析人如何从细胞演变成人，我们也会发现任何人的降生不仅要经历偶然性巧合，而且要经历激烈的竞争，任何人之所以能来到这个世界上，都证明发育成他（她）的细胞在一场激烈的竞争中成为胜利者，成为赢家，打败了无数个竞争者。从这个意义上讲，每一个人都是以胜利者的姿态来到这个世界的，每一个人都应享受来到这个世界的成功喜悦。既然如此，来到这个世界，我们还有什么理由因为自己的长相、出身、家庭等的不好而感到自卑呢？有什么理由忘记自己降生前的成功与荣光呢？为什么不以胜利者的阳光心态面对人世间的纷纷扰扰和忧愁烦恼。当然，就一个人的出生这件事来讲，偶然性背后也有着必然性，比如爱情的存在、优胜劣汰的竞争规则等都是支配偶然性的必然性规则。

其实，生活中的偶然性不仅仅典型地体现在一个人的出生这件事情上，在一个人生活的方方面面都有必然性支配下的偶然性在发挥作用，需要我们用心去玩味和体会。比如，一个人在生活中都会有自己的亲人、朋友、同学、同事等，尽管我们遇到的人并不一定是自己最喜欢、最欣赏的人，但这些关系的建立本身就包含着大量的偶然性。比如，两个人成为同窗、同学，乃至室友，那是彼此在求学路上经历了一系列偶然性选择之后的必然巧合，两个人成为同事、朋友，同样也是在职业生涯、生活轨迹中经历了无数偶然性选择以后的必然结果，本身包含着大量的偶然性因素。任何方面稍有变化，一切都可能不复存在或建立起新的社会关系。人是社会中的人，在社会关系中存在，我们社会关系网格中的每一个节点上，实际上都蕴含着丰富的偶然性因素。一切社会关系的建立与存在，都是不容易的，都需要我们去好好珍惜和善待。大可不必拿万千偶然性才成就的存在不当回事，这也是为什么人们常常被告诫要在生活的时时、处处都学会珍惜。

在上述所讲的生活事件之中，仿佛占据主导地位的是偶然性，但实际上并非如此，任何一个偶然性背后都隐藏着深刻的必然性，从根本上制约着偶然性的发生发展。回到一开始所讲的故事中来，从表面上看，我们的确可以把与二十多年没有见面的同学在大英博物馆偶遇解释为机缘巧合，理解为偶然性的巨大魔力，视为冥冥之中的注定；也的确可以把两个在时空上交集甚少的同学偶遇理解为生活的巧合、偶然的缘分，但试想如果没有经济的发展、祖国的强大、社会的开放、全球的交流交往，上述的一切还能成为偶然，让我们感到意外吗？如果没有改革开放以来的经济发展和全球化进程的融入，我相信我们是不可能在英伦发生任何的巧遇，更不可能有我在英伦的土地上闲话这样的巧合与偶然。这或许就是这些众多偶然性背后的必然性。

当今世界，形势错综复杂，国际关系光怪陆离，国与国之间的亲疏远近、友好敌对、战争和平，表面上都为很多偶然性因素所左右，实际上背后都有必然性在发挥支配作用。毋庸置疑，我们不能把第一次世界大战仅仅归因于巴尔干半岛火药桶的导火索，同样也不能把之后的任何一次战争归因于直接引发战争的那个偶然因素，而无视战争背后资本主义经济政治发展的必然趋势。当今的时代也一样，在错综复杂的国际形势与国际关系背后，也一定有着必然性的规律支配制约着一切事件的发生发展。言至此，有两个人的话语回响在我的耳畔，一个是我正置身其中的英伦历史上的一个人物，他叫丘吉尔，他曾经讲，在国际关系中没有永远的朋友，也没有永远的敌人，只有永恒的利益。另一个人是我们最为尊敬的邓小平，他曾经语重心长地讲，发展才是硬道理。我想这些或许都是支配国际关系、世界格局的必然性。

简言之，必然性与偶然性都是人们在生活中必然要遭遇的，任何时候一定要懂得其深刻的辩证智慧，把握其真谛和要义。另外，当我们在遭遇偶然性“乱花渐欲迷人眼”时，一定要洞察和看穿其背后的必然性，唯有如此，才不会为偶然性所迷惑和左右，才能在持有必然性逻辑的前提下笑谈偶然性、善待偶然性、抓住偶然性！

（白显良）

文化的相遇

沙漠里盛开的“恶之花”

借着去内华达州看望多年不见的大学同学的机会，顺便感受了拉斯维加斯这座有着“娱乐天堂”“罪恶之城”等盛名的城市。“Las Vegas”其实是一个西班牙名字，西班牙文的意思是“肥沃的青草地”，它是一个在沙漠地带有泉水的绿洲。拉斯维加斯只有 170 万的常住人口，却有 3 890 万的年游客数量，无数的金钱和财富在这里井喷和释放。沙漠与绿洲，天堂与地狱，这些鲜明对比的字眼极大地吸引着人们的好奇心。

从圣迭戈出发，行驶在内华达州公路上，窗外的景色逐渐从令人心旷神怡的海岸线转变为一望无际的沙漠戈壁滩，从绿树成荫、繁花似锦变为枯草连天，从让人新奇兴奋变为在连绵沙漠中穿行的单调与乏味。与圣迭戈美丽的海滨景色迥异，途中全是起伏的沙丘，无边无际的沙漠和黄沙，无精打采的骆驼刺，干枯得要冒烟一样的山岭，荒无人烟，一片凄凉。如果不是偶尔经过的车提醒我们还在这个星球上移动，甚至会有种错觉，好像自己是来自另外一个星球的闯入者。原以为上帝太过偏爱美利坚，才将圣迭戈这样风景如画的风水宝地赐给它，看着沿途赤裸干裂的大地，想来上帝还是基本公正的。不好意思，有点狭隘啊！

漫长的6个小时之后，车上朋友喊：醒醒，拉斯维加斯到了！从昏昏沉睡中醒来，拉开窗帘，仿若一片沙漠中的海市蜃楼出现在眼前，一座拔地而起的城市扑面而来，我不禁从心里发出一声惊呼。虽然早已知道拉斯维加斯是美国内华达州的最大城市，有着以赌博业为中心的庞大的旅游、购物、度假产业，世界上十家最大的度假旅馆就有九家在这里，是世界知名的度假胜地之一，拥有"世界娱乐之都"和"结婚之都"的美称，但还是难以置信，在死寂的沙漠之中居然可以绽放出这样一朵耀眼的现代之花！有朋友提醒：先不要激动，夜色中的拉斯维加斯才是它的真容！

晚餐后在一家旅馆入住，简单收拾后和朋友一起出去感受拉斯维加斯的夜色。

拉斯维加斯最繁华的就是Strip大街。如果从茫茫沙漠到奢华都市的反差让人惊叹，那么夜色下的拉斯维加斯则是惊艳到令人目眩。这条世界闻名的Strip大街全长约6.5公里，街道两边分布着大批世界级的酒店、赌场和度假村。据说，如果按房间数量计算，世界排名前25名的酒店中，就有 18 家在这里。它们共拥有 67 000 间房间。米高梅酒店是最大的娱乐广场，它雄踞 Strip 大街最显赫的位置，让人避无可避，总是反复遇见。为了回应热带风情，酒店以翠绿色的玻璃作为外墙造型，整体建筑模仿的是意大利佛罗伦萨的别墅风格。酒店门口就是米高梅著名的大金狮，它在喷泉中被围绕着，灯光下七彩的水珠喷射，更是衬得它金碧辉煌，睥睨一切。整个建筑气势凌人，桀骜不驯。有人说，这表征着开发西部的那段美好的时光，粗犷、直接。Strip 大街上几乎每家大型酒店和赌场都有自己的主题。在这条街道上你可以看到各色世界级的地标性建筑：埃及金字塔、巴黎埃菲尔铁塔、纽约自由女神像、威尼斯运河……车灯、路灯、景观灯，路边不断升降的色彩明灭变幻的广告牌，为各色灯光装扮的行道树，一座座金碧辉煌、极尽奢华、耸入云霄的酒店……各色霓虹灯光照耀下的拉斯维加斯在夜幕中摇身化作一位浓妆艳抹的舞女，摇曳生姿、活色生香，让人有一种很不真实的感觉。

走到一座大概叫作海市蜃楼的酒店前，一片极开阔的水池包围着一座颇为壮观的假山。已经有不少人围在酒店前，等着一小时一次的火山喷发表演。音乐声起，微弱的火苗从假山上、水池中窜出。随着音乐节奏渐强，火苗化作火焰，火焰化作火浆，火浆化作火龙，喷薄而起，直冲天幕。音乐愈雄壮，烈焰愈壮观，音乐高潮处，似数百条火龙蜿蜒盘旋，翻江倒海！烈焰热浪让观众忍不住惊呼退后。更令人惊叹不已的是，烈焰腾空伴着喷泉水幕，水火交融，织就一幕水火相生相映的人间奇观。

久负盛名的百乐宫酒店前更是人山人海。酒店前是一片更开阔的湖水，在这里将上演每15分钟一次的音乐喷泉，这是Strip大街上的又一胜景。柔缓的音乐伴着细细的水线从水中袅袅升起，一排轻轻柔柔的白色水幕从左至右依次拉开。一支支水箭如一排身材修长的白衣女子，随乐摇摆起舞，飘逸婀娜。水幕造型随音乐不停变换，或一线，或成圆，或波浪起伏，或直冲云霄，令人叹为观止。五分钟的喷泉表演结束，空气中飘荡着一层水雾，如余音袅袅而迟迟不散。一群观众散去，马上又有一群观众聚拢而来，耐心等候15分钟后的下一场表演。忽然觉得感慨万千：在拉斯维加斯这个极度缺水的沙漠城市之中，居然有如此奢侈的喷泉表演，而且是日复一日、年复一年！看来，只要有了金钱，只要为了金钱，在这里就能创造出任何的人间奇迹！

离开音乐喷泉，走在回住处的路上，夜晚的拉斯维加斯似乎越来越热闹了，熙熙攘攘的人行道上各色人等开始涌现，青年男女三五成群，手中提着各种造型奇特的高达半米的瓶子，里面盛着各色酒水，不时勾肩搭背，打闹嬉戏，留下一股刺鼻的酒气。又不时有穿着暴露的女人站在路边，充满诱惑和挑逗地向过路行人搔首弄姿、卖弄风情。也有人将自己装扮成蝙蝠侠、变形金刚、红粉女郎、恶魔等样子，也有人身上涂着奇奇怪怪的颜料，摆着各种各样的造型。相同的是他们面前都摆着一个请路人投放钱币的盒子或圆筒。迎面走来一名身材极其肥胖的黑人，目测体重有三四百斤的样子，浑身上下的肉仿佛要淌下来似的。男子身后背着一块高于他身高的大牌子，上面画着图案，写着文字。乍一看，还以为是背后插了亡命牌的中国古代死刑犯人在游街呢！走近再看，却是一家酒店的人体移动广告，大意是介绍酒店的酒水以及美女的情色表演。很佩服商家的创意，用这位身形奇特的黑人做移动的活体广告，一来新颖，二则也一定是黑人报酬低廉，至少要低于电视、报端的广告费用吧！看来，在这里似乎一切都可以成为交易的商品，包括人的身体。

路边的酒店、商店灯红酒绿，相同的是第一层几乎全部是赌场。站在门口一眼望去，各色赌具令人眼花缭乱。男人、女人、老人、青年、白人、黑人、衣着光鲜的人、衣衫褴褛的人、奇特的人、发迹的人、破落的人、抽烟的人、喝酒的人、成群的人、孤单的人……都在专注于赌局上闪烁的灯光、转动的数字、变换的筹码……站在门口，望着那些烟雾缭绕中的赌徒，我在想，也许，今夜这里又会有亿万富翁诞生？也或许今夜又会有人从那金碧辉煌、高耸入云的高楼上纵身跃下？不知道会有多少如轮盘一般的人生悲喜剧在这夜色掩映下上演？

沿着 Stirp 大街往回走，到处是坐在路边座位上喝酒、抽烟、聊天的人们，其中也有很多看来是一家人的样子，一些孩子在围着喝酒聊天的大人们奔跑嬉戏。看来，赌博、喝酒、美色，这一切，已是渗入这个城市骨髓的生活元素。我在想，从小就在这种环境中受到熏染的孩子，他们最向往的未来该是什么样的呢？

偶然发现路边隔几十米就会有一些分成若干小格子的柜子，隔着玻璃可以看到里面似乎放着一些宣传页。柜子看来肮脏、破旧，与这个城市的奢华极不相称。柜子没有锁，看来是供行人免费取用的宣传页，或许是城市宣传或广告推销吧！我们很好奇地打开柜子，发现里面还有很多的小卡片。取出几张一看，顿时让人面红耳赤，我们恍然大悟，原来是妓女们的宣传名片。在这里，妓女是合法的职业。

想在拉斯维加斯找一点稳定厚重的东西，比如大学、殿堂、博物馆和音乐厅，并不是件容易的事。就像每个人一样，每个城市都有自己的个性和特征，拉斯维加斯就是这样的一个"漂亮朋友"。它肤浅华丽，如果想要深入地去欣赏它，抓住一点它的敦厚和真正打动人的特质，那几乎是不可能完成的任务。它也不需要你深入地留恋和发自内心的热爱，因为这样的一个"漂亮朋友"只需要你在这里留下金钱而不是感情。

忽然感觉，在这个霓虹闪烁的奢华城市的空气中，处处弥漫的是欲望的气息！金钱、美色、烟酒，以各种形式合法出卖肉体的人们，巨型的游乐场，一场场的艳舞秀，都是这个沙漠城市的活名片！甚至那些令人心动的美，那些令人震撼的艺术，掀开笼罩在它们身上的那层面纱，全都涌动着直白的或含蓄的欲望！拉斯维加斯的每个毛孔都渗透着两个字：欲望！忽然明白了拉斯维加斯何以能在短短10年间脱胎换骨，从一百年前的小村庄摇身变成一座巨型的现代城市。拉斯维加斯的设计者，聪明地捕捉到人类最原始的欲望，又将这欲望作为一个撬动拉斯维加斯的支点，这面巨大的欲望之网成功地"诱捕"了来自世界各地的人们。正是借助于这贪婪的欲望之手，在茫茫荒漠之中，才得以创造出一座这样金碧辉煌的欲望之城！

看来，贪欲才是赋予拉斯维加斯生命的活力之源。没有各色贪欲的催化，就没有享誉世界的赌城拉斯维加斯。它用欲望激发激情和创造。然而，不得不追问的是，这就是人类社会发展追求的目标吗？它为人类文明创造和贡献了什么样的财富呢？当这样一种以激发人性中的各种贪欲来驱动“发展”的制度、文化和价值观念为这个社会普遍认同并获得法律的认可和保护时，用什么力量才能够将这只被打开的潘多拉魔盒关闭呢？当我想起那些在路边嬉戏的孩子，那些代表着这个城市未来的孩子，我忍不住有些困惑和担忧：这个活力之源会不会有一天成为这个城市乃至这个社会的死穴呢？

（冯秀军）

异国他乡度国庆

今天是美国的9月30号，因为时差的关系，中国正在欢度国庆节。说实在的，在中国已经过了无数个印象深刻的国庆节了，却没有一个比今天这个节日更让人难忘。毕竟刚到一个如此陌生的国家，毕竟第一次在国外过中国的国庆节。

虽然在国内，人们正在过国庆小长假，可在美国我们却要正常上课，心里不免有点小小的不平衡，一年中难得的黄金假期就这么错过了，着实有点可惜，一早起来不能尽情表达国庆的喜悦，却要急匆匆地赶往学校，有点心不甘情不愿，但我们更珍惜来美国学习的机会，同时也要转变一下自己的身份，今天的角色毕竟是一个学生，当然应以上课为主，欢度国庆的各种想法还是让位给严肃的学习吧。上午上课时大家都很认真，既没有一个学生迟到，也没有一个学生缺席，大家都带着渴求的目光专注地听讲。加州大学圣迭戈分校的课堂教学非常重视对我们的考勤，每一个学生有一个专属于自己的桌签，上面写着你的英文名字，上课时老师发下来，下课时老师收回去，这是圣迭戈分校老师掌握学生出勤的一种方式。当然，我们自觉地按时来上课不仅仅是为了老师的考勤，我们是想有所收获，想了解美国高校教育的历史、现状和特色。老师讲课既严肃，同时又很幽默，不时地伴有音调的变化和丰富的身体语言，这种教学范式让我感觉颇为惊奇。因为从小到大几乎都是在非常严肃的方式中接受教育，大多数老师不苟言笑，更别提丰富的身体语言，看来教学方法可以有很大的文化差异，而不同的教学方法效果也明显不同。在这种新鲜的教学模式中一上午的课不知不觉就结束了，终于到了我们可以自由庆祝国庆的时间了，大家抑制不住喜悦。同学们兴高采烈地走出了教室，自发地带着国旗去照合影，每个同学的脸上都洋溢着幸福，希望在景色宜人的圣迭戈留下难忘的瞬间，借以表达对祖国深深的思念。

平心而论，在国内见到国旗时从没有过如此激动的心情，今天，同学们却纷纷与国旗合影，合影之前都忍不住要深情地亲一下国旗。正当一张接一张的合影照不停时，一个中国留学生经过我们身边，她看到我们拿着国旗照相，投来了羡慕的眼光，站了很久之后才细声细气地对我们说，她也想拿着国旗照一张相，问我们是否可以？同是中国人，本来就亲切，何况在异国他乡，怎有不同意的道理？我们欣然同意，还帮她照了好几张，看着她满意地离去的身影，我们不禁感慨，同是一国人，同是一条心，尤其是身在异乡时，感受特别强烈，体验尤其深刻。在此，非常感谢班级里那些心细的同学，他们不但从国内带来了国旗，而且今天还带到了学校，使同学们有机会在圣迭戈一起与国旗合影。爱国是每个人的情怀，这种情怀在平常有时感觉并不明显，但人在他乡时，却可真真切切地感受到，它发自内心，如此强烈，强烈到让人禁不住热泪盈眶，强烈到让人禁不住回忆在国内欢度国庆的情形。其实，每一个中国人，对于国庆节都不陌生，每年的“十一”国内都举行各种庆祝活动，电视中多是欢庆的场面，但我们却常常没有深刻地感觉到自己与国家的联系。从这个意义上说，出国与爱国之间存在密切的联系，或许这就是我们常说的一句话：拥有时并不珍惜，失去时才觉得珍贵，但愿我们每个人都能珍惜自己所拥有的，尤其是那份浓浓的爱国情。

长久以来，我一直有个留学梦，今天能有机会来到圣迭戈分校，真切地体验到圆梦的幸福，尤其在国庆期间，让我们深刻感受到了儿女与祖国之间深深的感情。下课回到临时的家，我们几位兄弟姐妹也在租住的房屋里悬挂上了国旗。平常在国内见到国旗时并没有特别的感觉，今天一天近距离见到两次，竟无法抑制激动的心情。一开始我们几个同学想把国旗挂到室外，但小区周围的邻居却阻止了我们，说室外不准挂东西，唉，入乡随俗吧，无奈的我们只好把此时能代表我们心情的国旗挂回了室内，但丝毫不影响我们对祖国思念的感情。虽然离开祖国才不到三天，但就像刚离开父母的孩子一样，对家的依赖、眷恋、思念等多种感情永远无法割舍。由于刚到这个陌生的城市，对周围的环境还不熟悉，只在附近的小超市买了点面包等简单的食物和西红柿、大头菜等几样蔬菜，回到家后，“全家人”立刻投入紧张的忙碌中。饭菜做好之后，我们共同举杯庆祝祖国65周岁生日，喝到高兴时，我们激动地唱起了国歌，细看每个人都眼含泪花，这是一种爱国情怀的自然流露，这是海外游子思乡的真实表达，这是祖国儿女的由衷祝愿，这是在外访学的我们的难忘记忆。

在异国他乡访学，圣迭戈与中国的时差约16小时，思念祖国和家人的感情没有随着时间推移消退，反而感觉越来越强烈。大家一起说着中国话，吃着中国菜，唱着中国歌，喝着从中国带来的酒，思念着祖国，想念着家乡，我们相信，每一个远离祖国的中国人无论在什么样的环境下，同样会有强烈的爱国情怀，无论在何时，只要听到国歌奏响，都会抑制不住地跟着哼唱。我们身上流着中国人的血，我们心里渴望着实现中国梦。我们互相畅谈着改革开放以来国家的发展，感慨着我们的生活所发生的天翻地覆的变化。从吃不饱到丰衣足食，从贫穷的小村庄到现代都市，从互不往来到四通八达，从第一台黑白电视机到无所不在的互联网，从没出过家门到美国访学，从家乡的小学生到学有所成的博士……畅谈着这些我们亲身经历的变化，怎能不让我们为国家的发展而自豪。同时，我们也深感肩负责任的重大，暗下决心多学点有价值的东西回去报效祖国。大家聊得热泪盈眶，抒发着在国内从没有过的如此强烈的爱国情感：我们很自豪，中国过去35年所取得的奇迹，中国在国际事务中的作用越来越大，不仅仅是经济，在世界和地区政治方面也发挥着越来越重要的作用。当然，我们也深知，中国虽是一个经济大国，但还不是经济强国，虽是一个文化大国，但还不是一个文化强国，希望我们的祖国母亲越来越强大，也相信每一个中华儿女愿意为这个国家的强大贡献自己的一份力量。

今天的国内，应该到处欢声笑语吧。刚刚离开祖国的我们，就已经想赶快回到自己的“家”了！

（李庆霞）

令人生气的斯科特

今天是 10 月 7 日，星期二，从课程表上看，可能有一个特邀发言人（guest speaker），内容是加州大学圣迭戈分校的学生事务工作，地点在 Wells Fargo Hall Room 4N128，时间是上午 9 时。虽然来到圣迭戈分校已经一周了，但因我们对这座城市和这个学校还不十分熟悉，乘车路线、停车要求、上课地点等无不需要费心费神。大家克服了种种困难，匆匆来到了学校，找到了教室。但是等到 9 时 10 分，却还没有老师来，大家有点莫名其妙，这时有同学给负责我们班的班主任斯科特（Scott）打了个电话，谁知他竟然不紧不慢地说今天没课。听到这个消息后，大家不解而气愤，都在追问，为什么不提前跟同学们说一声？国家为我们付了那么多学费，同学们也都想多学点东西，却无故损失一上午的课。另外，同学们刚来一周，衣食住行都不熟悉，到哪里买食品、怎么坐车、在哪儿停车，哪里可以办银行卡、电话卡、打印东西，这些日常生活琐事弄得大家身心疲惫，就是在这种情况下，大家起了个大早，准时赶到学校，找了很长时间也没找到停车位，不得已又花了 8 美元停车费，算起来看，时间成本、经济成本、心情成本，可谓损失惨重。学校这么做太随意了，如此低劣的管理、差劲的服务令人不由得恼火。我们前去交涉，结果斯科特只简单地向我们道了个歉，说学校换领导了，邀请人出差了，这些就是老师不来上课也不通知我们的堂而皇之的理由吗？圣迭戈分校项目已经持续 7 年了，合作一直都比较好，但今年是怎么了，不仅无故停课，而且连开学典礼这么重要的事情竟然也忘了通知我们，致使我们错过了难得的开学盛况，留下了此程无法弥补的遗憾。

令人生气的事真可谓一桩接着一桩，在这之后，又出现了类似的现象。按课程表今天应该是一个叫马特·亚当斯（Matt Adams）的特邀讲座，内容是学生娱乐，地点在 RIMAC Green Room，时间是上午 9 时至 10 时 30 分。在此之前这个教室我们从没去过，是一个需要导航才能找到的上课地点，教学内容之前也没有老师讲过，我们自然十分期待。一大早，全班同学就都准时赶到了教室，耐心地等待着老师，心里又有点惴惴不安，原因在于上次的空等已经让大家吃尽了苦头。可是怕什么来什么，上课时间已过了10多分钟，仍未见到老师的踪影，正当同学们一头雾水的时候，有位同学说看看邮箱吧，匆忙中打开邮箱才发现，8时47分时收到了一个邮件，斯科特告诉我们上午的课临时改为下午。上课前一刻钟才通知调课的消息，谁听到这样的消息能不生气，这也太不尊重学生了，学校的计划变得也太随意了。我们脱离开各自的工作岗位来学习，大家都想多学点有关学生事务管理的知识及理论，也想多了解不同教师的教学风格和教学方法，更想通过课堂了解美国高校的教学理念，争取在各个方面都有所提高，回去在工作中有所应用。可斯科特表现得对我们如此不尊重，邮件发得这么晚，也不打电话告诉我们一声，如若想不起来看邮件，难道让我们一直等下去吗？尤其是还不知道能否约上嘉宾做讲座，如约不上岂不是又错过一次难得的机会？想想就生气。同学们又去质问斯科特，但他解释说几天前就给我们发邮件了，但我们说都没收到，后来他看了看，说发错了，把给U7的邮件发给了U1。这么严肃的事情怎么能马马虎虎，这种解释岂不是太牵强了？而且几天前刚犯过这样的错误，现在又重复同样的错误，着实不可以原谅。从学习的这一个月来看，美国高校的工作人员并不都那么负责任，有的教师并不十分遵守时间，早下课、晚上课三五分钟的事情常有，而且有些老师备课不认真，不但没多少知识含量，而且明显地在拖延时间，语言课上老师常常重复多次播放录音机却仍找不到我们该听的内容，这说明他们既不提前备课，也不熟悉教学内容，更不尊重学生。

如果说第一次犯错误可以原谅，第二次犯同样的错误可谓愚蠢，同样的错误竟出现了第三次，真不知该用什么语言去评价了。11 月 13 日，周四，本来下午没课，但因感恩节调课的原因，所以下午要上温迪老师的课。上午上完课，大家在学校找了个地方休息，下午 2 时半时，同学们都准时到了 4N128 来上课，因为我们都很喜欢温迪老师，她不仅举止优雅，而且在教学方法和教学内容方面可让我们学到很多有益的东西，这也是此行中我们最喜欢的一位老师，所以，即使一天的课程让人很疲劳，但大家都自觉地来到了教室。可是已经过了 10 多分钟，却还没见到老师，唉，稀里糊涂地又被“涮”了一次。后来才知道因斯科特没有通知老师上课地点的变动，老师一直在 Extension Building Room 101 等我们，正当我们不知该怎么办时，斯科特通知我们去 Extension Building Room 101 上课，我们 40 人得走很远的路去上课，而且还耽误了半个多小时，尤其是大家都比较愿意上温迪的课，这种种的后果谁来负责呢？虽然我们紧赶慢赶走到 101 时，斯科特第三次向我们表示了歉意，但我觉得这不足以弥补他造成的损失，而且这已经是他第三次犯这种比较低级的错误了，我不知道圣迭戈分校其他行政人员的工作怎么样，反正斯科特这种不负责任的做法很让人生气，也反映了这个学校的教学管理是不严格的。这中间也有几次别的老师因为找不到停车位而迟到的，同时也没有多少歉意，这在我们学校是不允许的，而且可以说是严重的教学事故，学校一定会处理老师或者学院，以示警戒，这虽然给老师带来了一定的压力，却使教学管理非常规范，也提高了教学质量。

斯科特，一个屡屡让我们生气的班主任，一个不负责任的负责人，一个给我们造成了颇多损失的管理者，至今我都无法理解他的做法和行为。

（李庆霞）

无根基的历史与有意义的自豪感

美国的历史并不长，与中国 5 000 多年的悠久历史相比可谓无比短暂，但从几个小事可以看出，他们很重视自己的历史。感恩节是属于美国人自己的一个节日，相当于我们的春节，在这一天，美国人会合家欢聚。开始时，感恩节并没有固定日期，由美国各州临时决定。1941 年，美国国会正式将每年 11 月第 4 个星期四定为“感恩节”，从这一天持续到星期天，这样学校会放假 4 天。利用这个来之不易的小长假我准备去华盛顿。飞往华盛顿的途中，在菲尼克斯转机，中间有 1 个小时的时间，我在机场转了转，一个小小的展览吸引了我的注意，那是有关铁路信号的一个小小的展馆。详细看后，我不得不为美国那种强烈的历史感所折服。在机场这个不大的空间中，竟然详细地摆放着指示火车运行的各种信号灯，也记载着美国铁路历史的发展。有很多信号灯我看着很熟悉，小时候坐火车经常看到，这个看似不经意的展览瞬间吸引了我，勾起我很多美好的回忆，也让我对这个城市和机场充满了好感，真希望有机会再来一次。这种小小的博物馆还有很多，每次参观之后都不禁要问：美国有着什么样的历史和文化呢？它又如何对待自己国家的历史和文化的呢？

美国是一个以移民为主体的多族群年轻国家，它不像欧洲那些国家具有民族基础，也不像中国、印度那样有悠久的历史基础，这使得血统、语言、经济生活和共同文化这些传统的认同失去了立身之基。于是美国就选择了多样性的生活方式。值得一提的是，它更强调信念或意识形态。李普塞特将美国信念概括为自由、平等、个人主义。美国的意识形态教育伴随着国家建立和民族整合的整个过程，从开始建国到随后发展的几百年里，系统的公民意识教育不仅被国家和社会高度重视，并且总是针对社会的现实予以适时的调整。按照美国的要求，外来移民必须彻底断绝与母体民族的政治与文化联系，接受美国的文化与价值观念，效仿美国人的生活方式，认同美国的社会制度，在政治上、文化上、心理上和民族感情上树立“美国第一”的观念，只有把美国的利益置于个人和民族群体利益之上，才可称得上是百分之百的美国化。

在加州大学圣迭戈分校学习这段时间，几乎没有老师在课堂上批评过自己的国家，反而是他们的言语中总是透露着自豪，伦迪（Rendy）老师在介绍美国的自然风光时，自豪之情溢于言表，简（Jane）老师讲到美国的美食文化时，毫不吝啬赞美之词，从其语音和表情中不难看出她对这个国家的热爱。我真不明白简老师为什么如此推崇没有什么营养的各种快餐，或许是她没到过中国，不知道什么才是真正的美食，或许仅仅是盲目的优越感，但是她那推荐的热情还是让你不知不觉地想品尝一下。特里西娅（Tricia）老师的课最轻松，一般她会根据时间来安排讲课内容，如“老兵节”会讲这个节的来历，万圣节会讲这个节的风俗，感恩节会讲人们的习惯，等等。有一次她讲美国文化的多样性，这也正是我感兴趣的话题，同时也是我到美国之后的一个很强烈的感受。特里西娅老师以美国的地域划分，绘声绘色地讲了美国文化的多样性，美国东部、西部、南部、北部的服装、宗教、种族、生活习惯等各不相同。美国南部的人特别好客、热情，每当有人问路时，他们先是指给你看，如你还不明白，一般他们都会亲自带着你找到你要去的地方，他们很喜欢骑马、打猎、射击，喜欢吃牛排和马铃薯。西部的人则比较放松，喜欢宽松的衣服、鲜艳的颜色、有机食物。东部的人非常强壮，可能是因为他们比较忙的缘故，他们说话的声音比较大，有时给人的感觉有点粗鲁，开车经常摁喇叭，着装以黑、灰、棕为主。她说有一次她到东部去参加一个婚礼，穿得很是鲜艳，结果看到了很多不理解的眼神，弄得她哭笑不得。北部的山较多，那里的人喜欢打猎，而且经常把动物的首级挂在家门口作为装饰，他们非常喜欢雪，认为没有雪的圣诞节就不能称为圣诞节；而西部的人则说，跟雪相比，我们更喜欢阳光。从老师的讲述中不难感觉到她对这个国家的热爱，而从我们在美国西部和美国东部游学的经历中，也能充分感受到美国人对自己所读大学、所住城市、所属球队、所在的州有一种深深的归属感。这点点滴滴可以反映出美国人对自己国家的历史和文化的高度认同。

再来说说美国人如何对待自己的领袖。乔治·华盛顿被称为“美国国父”，是美国国家制度的主要奠基者之一。今天，有关华盛顿的传记多如牛毛，每一本传记对他的评价都毫不吝惜赞誉之词。这种注意维护国家领袖的做法是美国人国家意识成熟的一种表现。当然，在美国历史上，对华盛顿的评价并不是从来如此，而是在经历了一些反复之后，美国人才最终对自己的开国领袖做出了客观公允的评价。华盛顿从第二个总统任期上卸任之后，原本对华盛顿不满的人和想借这种不满来谋求政治机会的人，都纷纷站出来指责华盛顿，甚至向华盛顿泼污水，这种现象没持续多长时间，美国人就意识到，一国的领袖，特别是开国领袖，代表了这个国家的形象，代表了这个国家根本制度的合法性，认同美国与尊重华盛顿是相一致的，贬低华盛顿就是在贬低美国的发展史及其国家的正义性、合法性。对自己的领袖，对曾经为国家做出了杰出贡献的人，美国以立法的形式来确保他们不会受到人们的诬蔑和嘲弄，所以，今天已经很难找出曾经盛行一时的诬蔑华盛顿的著述。

美国人非常热爱总统，常常直接歌颂和纪念总统，并为卸任总统建图书馆。从富兰克林·罗斯福总统开始，美国就为总统建图书馆。一座座总统图书馆成为吸引人们的窗口，也通过这些窗口让人们了解美国不同时期的政策走向、社会演变和价值变迁。美国政府之所以要这么做，主要目的还是为了让国民了解和记住美国的过去，引导人们认同美国的社会核心价值，认同美国的政治制度。美国人常常调侃总统，国内也不乏批评的声音，总统遭受的批评，主要是因为政策倾向问题，人们并不会将这些批评引向对美国国家历史和制度的否定。

总的来看，美国的历史非常短暂。但就是这样一个文化根基和历史都无法与中国相比的国家，对自己的历史、文化和领袖却有着无比的自豪感，毋庸置疑，这种自豪感是有意义的，无论对这个国家，还是对每个人都是有意义的，这种意义不仅在于让人们有了归属感，凝聚了民族力量，更在于形成了高度的文化认同和文化自信。与之对比，我们有什么理由不尊重中华民族5 000多年的历史，不注重运用优秀传统文化的智慧、弘扬中华传统文化的精神呢？又有什么理由不爱戴并崇敬我们的伟大领袖呢？

（李庆霞）

大都会刮起了中国风

17—18世纪在欧洲文化史上有一个词语颇为引人注目，这就是Chinoiserie——中国风。当时中国的瓷器、壁纸、刺绣、服装、家具、建筑、园林等风靡了以英国和法国为代表的欧洲国家，其中特别值得一提的是中国的园林，它深刻影响了欧洲的造园艺术，使之发生了巨大的变化。令人高兴的是，这股中国风不仅刮到了欧洲，也刮到了大都会纽约。

这次到加州大学圣迭戈分校访学，利用感恩节假期去了美国东部，在纽约大都会博物馆二楼的亚洲艺术馆，跨过一个圆圆的月亮门，一座名为"明轩"的庭院扑面而来，令人仿佛走进了苏州园林，在这里能够充分感受到明媚的阳光，满院的绿树青草映入眼帘，虽无明月松间照，但见清泉石上流。本来大都会就游客众多，在中国园林驻足的游客更是特别多，听到周围人的肯定之声，我们无不为之自豪，看到人们的赞许目光更是感到由衷的骄傲。

该庭院建于1979年，是中国第一例园林出口工程，可以说开创了中国园林工程出口的先河。庭院的布局设计吸取了苏州古典园林网师园殿春簃小院的精华，去过苏州园林的人不妨再细细品味，真的是回味无穷。这座园林是由著名女慈善家布鲁克·阿斯特夫人赞助修建的。阿斯特夫人早年曾经在中国生活过4年，中国的生活培养了她热爱自然的审美情趣。我们都知道，整个大都会的展馆藏品丰富，每一件展品都令人流连忘返，这个庭院尤其值得细品，从中可感觉到古典园林这一东方文化的无上价值。庭院建造可谓精巧完美，是境外造园的经典之作，被人们称为中美文化交流史上的一件永恒展品。“明轩”落户大都会，标志着中国园林开始走向世界。

三十多年来，这样的园林已经遍布五大洲，有洛杉矶的“夏园”、加拿大温哥华的“逸园”、加拿大蒙特利尔的“梦湖园”、新加坡的“蕴秀园”、日本的“齐芳亭”、比利时的“天堂公园”，这分明再次刮起了中国风。白墙黛瓦、亭台轩榭、小桥流水、月亮门、曲廊、山石、竹木、花草和鱼池……中国园林建筑的文化神韵在海外传播，不但让我们骄傲自豪，更让中国文化自信。

既然来到了大都会博物馆，而且外面是瓢泼大雨，再加上昨天纽约因弗格森事件中陪审团做出的不起诉警察的决定刚举行了游行，不少人还惊魂未定，担心走在路上的安全，最主要的是这次来美国深深地喜欢上了博物馆，那么，在风雨交加的天气里，躲进博物馆避一避未尝不是一件好事，何况博物馆还是可以免费参观的。多个理由促使我留于大都会博物馆不肯离去。

在这儿不妨向各位介绍一下我的一些见闻和思考。在纽约大都会博物馆里，有一幅伦勃朗·哈尔曼松·凡·莱因于1653年画的油画，油画表现的是一位伟大的哲学家被一位伟大的诗人吸引，而之所以有这幅画是因为这位伟大的画家被画中的哲学家吸引，这幅画的名字是《亚里士多德对荷马的头作冥想》。哲人亚里士多德的右手轻轻按在荷马的胸像上，胸像有点模糊不清，而哲人的眼神，像是在凝视，更像是在深思。经过此画的每一位观众，看着这幅画，无不为这种深思的凝重所影响，从而不知不觉地陷入深深的思索中。画中的亚里士多德虽然面向荷马，但脖子上却带着象征着亚历山大的一个项链，这颇有点讽刺意味，荷马代表着过去，亚历山大代表着现在，作为哲学家的亚里士多德在为其生活的时代辩护，画家也是应当时社会有钱人的需要作画。艺术和金钱是什么关系？哲学和时代是什么关系？这些常问常新的问题今天依然可以引起人们的深刻思考。为什么会问这些问题呢？因为通过这次大都会之行我又一次深刻地认识到，艺术并不是纯粹的，很多艺术品都是应当权者或富商之邀而作，换言之，艺术品之所以能够问世，有一个重要的因素就是满足有权力、有地位、有钱的人的要求。不仅如此，很多艺术品的收藏也离不开权力或金钱，大都会就资助了一些研究者去收藏艺术品，馆里的很多艺术品是有钱人如摩根或雷曼捐献的。

由此看来，艺术是很难独立存在的，它受到了其他因素的影响，这从大都会博物馆购买藏品的几次大手笔可得到活生生的印证。银行家和金融巨头摩根一向喜欢收藏，因此和大都会博物馆保持了密切的联系。通过他以及在大都会博物馆工作的学者和艺术史学家罗杰·弗赖伊（Roger Fry），大都会博物馆购进了达·芬奇的《老者头像》、雷诺阿的《夏尔潘蒂埃夫人和她的孩子》以及安德里亚·德尔·萨托、乔瓦尼·贝里尼和波提切利的一些代表作。在纽约大都会博物馆的一角，有一小块区域叫“罗博特·雷曼收藏馆”，这是一个家族两代人的珍藏，3 000多件价值非凡的艺术品，以不同的表情向世人微笑着，同时也诉说着这个家族卓越的经济实力。馆里的很多艺术品的来源引起了世人的关注，有的艺术品是通过非法途径所得，有的艺术品通过什么方式被大都会博物馆收藏至今仍是个谜。大都会博物馆在亚洲艺术展区的入口，专门辟出了一个面积宽广的大厅，展出了当年西方探险者以传教士的身份，逐年从中国盗运出来的敦煌艺术品。其中，一幅宏伟异常的敦煌佛像壁画占据了这座艺术博物馆里最大的大厅的整整一面墙。这些艺术珍品能够幸存下来并被人欣赏，客观地说，大都会博物馆是有功劳的，但毕竟它们是中国的珍品，虽然大都会博物馆保存了这些艺术品，但却改变不了它是通过非法渠道得到这些艺术珍品的事实。

说到这儿，我想特别提到一点，那就是美国的很多博物馆有中文讲解，这既反映了博物馆考虑周全，也说明了中国的到访者数量可观。现在常常听到亲戚、朋友、同学、同事到国外旅游、度假，看来人们的生活水平有了显著的提高，生活质量明显提升，而且多数访学者都把参观博物馆作为一个选择。大都会博物馆是这次行程中参观的最后一个博物馆，在许多著名的博物馆我们都可以看到中国当代艺术的身影，不仅仅是在纽约，而是在全美范围内。人们对于中国当代艺术家的认同感在日益增强，世界对中国的认同感肯定也会日益增强。

傍晚，从大都会博物馆出来，外面依然下着大雨，心境却已不同。

（李庆霞）

英国人为何不着急？

来英访学几个月来基本上是用走路代替乘车，把锻炼与上学相结合，行走在里丁的大街小巷，用脚去丈量里丁的每一块土地和街区，感悟里丁人的生活，对里丁人、景、事、物等多有观察体验。同行的一位学员曾写下这样的文字：“在与里丁的初次相识中，一个疑问常常盘旋在我的脑子里，那就是：亲，你为什么不着急？里丁的道路大多很窄，双向单车道，且弯道多，奇怪的是交叉路口看不到警察维持秩序，也很少有斑马线，甚至也不见交通指示灯（非中心街区）。各路英豪驾车通过，全凭直觉，你来我往，不紧不慢，不见横冲直撞。行人通过马路，你可以随时随地过马路，前提是：站在路边，司机看到就会停车，让你通过……穿过周末的校园，有几个孩子在草坪上踢球，楼宇间很少看到背着书包、啃着烧饼去占座的学生们，也不见行色匆匆的教授们，整个校园清新而静谧，像雨后的空气般宁静而迷人。”在这里，这位同学提出了一个“里丁不着急”的命题。究竟如何看待这一问题呢？英国人是着急还是不着急呢？如果不着急，又为何不着急呢？

几个月来，观察在里丁的一些情况，真还不时有这样的感受和体会，仿佛英国人就是不着急，挺悠闲的。比如，驾乘人员面对行人，表现得都特别有耐心和不着急，总是以行人优先的原则驾车，三个月里从未见过车与人争抢道路且互不相让的情况；公交车驾驶员面对任何一个顾客的疑问或问题，都会很耐心地为其解答，有些时候有乘客不知下车以后的路该如何走，一些公交车司机还会下车为其指路，仿佛全然不顾车上乘客焦急的心情；再比如，一些市政工程的施工进展十分缓慢，仿佛并不急于赶工期，也仿佛并不急于把工程任务完成。我们来英时看到里丁火车站出站口外在进行一项市政工程的施工，依据其工程的体量，在国内可能顶多十天就可以搞定，但在里丁一个月过去了还没有完工。一个月过后见其还在施工，我们开玩笑说按照英国人这个节奏和速度，可能需要三个月或者更多的时间，甚至我们还打赌看在我们离开里丁时是否能修缮完毕。两个月过去了，工程依旧在不紧不慢地进行着，后来真是到我们离开里丁时也还没有完成，我们的预言变成了现实。一些居民家的房屋维修，仿佛也呈现出类似的工作节奏，在我们上学路上有一处房屋维修工地，时而见着工人在做工，时而不见任何动静，有人施工时，每当我们路过的时候，还常见着施工人员站在房顶抽烟，怡然自得，还不忘给我们这些路过的“老外”打打招呼，来句“Hello”“Good morning”之类的，表现出完全不着急的样子。

对于英国人的工作节奏，我曾在和房东的聊天中涉及过这个问题，有一次房东要清洁打理家中的地毯，她使用了一种专业的清洁工具（一种地毯清洁机吧），我一方面出于好奇，另一方面出于礼貌，就过去和她打招呼：“Can I help you?”并问她手中的机器：“What is this?”老太太告诉我说，那是专门清洁地毯的机器，非常贵，要 300 多英镑，并告诉我她只允许她自己一个人使用这个机器，不允许其他人使用，言外之意，我不用帮忙的，可能她担心我不会用她的设备，怕给弄坏了吧！在聊天中，我问她地毯是否需要经常清洁，清洁一次很不容易，买这么贵的机器为什么不考虑请专业人员进行定期专业维护等问题。老太太连说几个“No”，告诉我说，她是不会请人来打理的，并告诉我她受不了英国人的工作节奏（需要说明的是，老太太本人是从新加坡来英国的），并一边比划一边告诉我说，请英国人来打理，他们打理一会儿后说需要“Have a rest”，抽根烟或者“Have a cup of coffee”，遇到下午还要休息一下，“Have a cup of tea”，可能一天也打理不完，还要付很高的费用，故老太太连用“No，No，No”，表达她十分抗拒这种打理态度和方式。就这些片面的观感而言，里丁人真有些不着急！

在我看来，对于英国人在生活工作中表现出的不着急应该辩证地看，不能一概而论，他们既有其慢的一面，也有其快的一面，慢有慢的道理，也有慢的问题。英国人不着急的慢生活其实是分不同情况的：第一种情况是体现文明素养的不着急，比如在马路上对行人的礼让，对需要给予帮助的人提供便利和帮助等。需要说明的是，我这里说英国人有文明素养，是就绝大多数而言的，并非所有人。在英国也能见着文明素养不够高的情况，比如也可以见着爆粗口的情况、随地扔东西的情况、情急之下随地小便的情况，等等。第二种情况是体现规则意识的不着急，如英国人遇到人多的场合和地方，有排队的良好习惯，无论是在学校餐厅，还是在车站、商场等公共场所，大家都会很自觉地排队，几乎见不着不排队或者插队的现象，大家在排队的时候都表现得特别有耐心，仿佛一点也不急。或许在他们看来，该您排队您就排队吧，着什么急，急也没有用。第三种情况是效率低下的慢。据在英国学习、生活、工作的一些中国人讲，英国人工作效率十分低下，对于这一点，我对看到的一些情况也有同感。比如一个工程量并不大的工程需要很长时间才能完成。第四种情况是消极慵懒的不着急。就整个英国社会来讲，已经是处于发达国家的水平，各方面基础条件都已经比较好，故在英国感受到其整体的生活节奏比中国这样的发展中国家要慢，总体上呈现出休闲闲适的状态。比如，据一些同学观察，一些房东家的孩子读书成绩不好，但孩子本人不着急，做父母的仿佛也不着急。英国高校的升学率总体并不特别高，但英国人在读书这件事情上也不着急。或许在他们看来，就算是没有工作，社会保障的基本生活也没有问题，就算读不了大学，有份工作就可以了，着什么急呢？无疑，对于英国人的不着急，真不能一概而论，有些方面具有明显的进步意义，而有些方面则明显地具有消极意义，这在一定程度上暴露了资本主义社会发展到现阶段的一些弊端。当然，英国人的不着急也不是绝对的，比如里丁道路并不宽阔，但英国人开车速度都很快，比国内人们在近似路况条件下驾车的速度快多了！伦敦作为国际金融中心之一，不少写字楼经常灯火通明，不少白领工作的节奏还是蛮紧张的。从这个意义上讲，英国人也是着急的。

（白显良）

汉语能成为国际语言吗？

在英访学期间，我对两个现象印象深刻。其中一个现象是在英国的各大购物中心，都会发现有中文导购，并且发现只有中文导购。担当中文导购的，一般是来英留学的留学生。无论是在伦敦，还是在英国知名的购物村比斯特，或者是在苏格兰首府爱丁堡的皇家一英里街，所有地方都是如此。这是一种市场现象，商店里聘请中文导购，说明有这方面的需要，表明有不少中国人来此消费和购物。为什么单有中文导购呢？那说明当前中国消费群体相比较之下占据主导地位。据说这些店铺也不是没有聘请过其他语种的导购，他们非常实际和现实，哪个国家的人来得多、购买力强，就聘请哪个语种的导购，前些年曾经有一个时期他们相继聘请过日语、韩语、俄语的导购，因为那些年说这些语言的人到这里来的比较多。第二个现象是，现在到英国的任何一个主要景点，如大英博物馆、白金汉宫、温莎城堡、布莱顿行宫等，但凡提供解说，就有汉语解说的电子工具。有了中文解说工具，中国游客旅游参观再也不会如盲人摸象，知其然而不知其所以然，一头雾水，参观了也只表明曾经到此一游。据说几年前可不是这样的，在不少景点有其他不少语种的解说工具，唯独没有中文解说工具，中国游客花一样的门票却享受不一样的待遇。这些看似是一些生活小事件，却能反映出西方对待中国的态度，也能反映出中国在国际范围内的影响力的变化。

中文在各大购物点、旅游景点被普遍重视，令我不禁思考这样一个问题：汉语未来能否会像英语那样成为国际语言？回顾历史，曾几何时，汉语也算得上是一种国际语言，历史上汉语、方块文字在世界范围内曾产生了广泛的影响。在中国古代历史发展的鼎盛时期，中国的经济、政治、文化处于领先水平，是近邻纷纷效仿的对象。伴随着中国的科技、器物、文化的传播，汉语对其他国家也产生了影响，比如日语中的片假名就可以看到汉字的影子，一些甚至在拼写方式、读音等方面都明显打上了汉语的印记。在中国之外，也还有新加坡等地人们普遍能讲中文，中文被广大老百姓使用。伴随着中国在近代历史上的衰落，中文的国际影响力也日渐式微。曾经有一个时期，在欧美发达国家，因为他们很难从长相外形上区分中国人和日本人，于是乎他们学会了从语言上加以区分。据称在一些地方，对于长着东亚面孔的人，如果您讲英语或日语，别人就会对您礼让几分；如果您讲中文，别人就没有那么客气和尊重。

近年来，随着中国改革开放事业的发展，伴随着中国经济社会的发展及国力的强盛，汉语在国际上的影响力发生了改变，中国人在国际范围内的地位也相应发生了变化。今天，中国人走到哪里也不再会被看不起，西方国家对待中国及中国人的看法发生了很大变化。并且我相信，伴随着中国经济社会的进一步发展，汉语的需求将会日益广泛，这必将扩大汉语对世界的影响，世界范围内必将会有不少人希望能说一口流利的汉语，能实现用汉语交流。这样一种发展趋势实际上现阶段已初露端倪，这同样可以从访学英国期间的一些小事件中感知到。来到英国后，我们有一个比较强烈的愿望就是能好好利用在英国的三个月，实实在在地提高英语水平，故不少学员给里丁大学项目管理方提出了一个要求，看能否安排一些英语比较流利（如果母语是英语更好），同时又有愿望学汉语的学生与我们结对交流，互帮互助。里丁大学国际教育与语言学院非常重视这件事，并和学校留学生服务办公室联系，开展了一次交流活动，在英国本地学生以外还来了一些其他国家的学生。如当天我与之沟通交流的两个学生就来自意大利，我们在聊天中我顺便问他们为什么要学汉语、如何看待中国等问题。他们告诉我，在意大利有很多公司和中国有经贸往来关系，能说汉语会带来很多就业机会。并且他们认为，中国目前已经是世界第二大经济体，随着中国经济社会的进一步发展，中国在未来世界格局中将占据更重要的位置，发挥更大的作用，学习汉语是大势所趋。他们还告诉我，在意大利有很多人学汉语，他们就已经学汉语三年了。据我所知，这种情况目前已不仅仅只在意大利存在，英国一些地方的中学，如布莱顿，已经将中文作为学生的必修课程，也有英国朋友告诉我，现在英国的一些有识之士也极力鼓励自己的子女及亲人学习汉语，甚至一些家庭还聘请汉语家教。据说美国的一些家庭甚至打出广告，寻找懂中文的家庭保姆，让小孩在日常生活中接受汉语的熏陶，学汉语从娃娃抓起。在里丁的三个月时间里，有时去里丁市中心，在一些店铺里，售货员见我们是中国人，还十分热情友善地用并不擅长的汉语跟我们打招呼，在与其交流聊天的过程中还不时向我们讨教一些汉语的表达，对汉语表现出浓厚的兴趣。

从本质上讲，语言是一种文化符号，是人类交流沟通、表达思想的基本工具，任何一种语言都是人类在历史发展中的智慧结晶，没有哪一种语言具有天然的优越感，会被推崇至优先地位。一种语言成为世界的通用语言，获得不同民族、不同国家人民的认同，往往关键的因素并不在语言本身，而在语言以外。从历史来看，英语之所以获得世界语言的地位，就在于经济、政治等因素的支配和左右。在当今世界，汉语越来越获得世界范围内的广泛认可，既是一种趋势，也是一种必然，其背后的推动因素是综合的、多方面的。从经济方面来讲，中国是世界第二大经济体，拥有广阔的市场，在国际范围内与中国建立经贸关系需要中文搭起语言之桥。从政治因素来讲，中国国力逐渐强盛，在世界范围内是拥有最多人口的国家，是各大国际性组织的重要成员，中国在世界事务中发挥着重要作用，未来的世界必将也必须聆听中国用中文发出的声音。从文化因素来讲，中国是一个文化古国，有着悠久的历史和灿烂的文化，世界各国人民对中国文化向来充满着好奇感，未来一个时期伴随着中国在国际经济政治事务中作用的增大，中国文化也必将走出国门，在世界范围内广为传播，但传播中国文化必须借助中文这一最好的工具。

伴随着一个民族、一个国家的繁荣昌盛，一个国家、一个民族的语言文化也必将受到人们的青睐和重视。伴随着中国的发展和崛起，汉语将迎来什么样的国际地位，我们应该如何对待外语，如何开展外语学习，又如何对待自己的母语，有无必要因为对自己的母语掌握不够而盲目去学习外语，有无必要在外语学习中崇洋媚外，应不应该在语言的问题上确立文化自信，等等，这些都是值得深入思考和认真回答的问题。

（白显良）

苏格兰人的不安分足迹

把有人定居的岛屿算在内，苏格兰的面积是78 772平方公里，人口520多万，人口密度约每平方公里65人。而不列颠岛的老大英格兰，面积比苏格兰将近大一倍，约13万平方公里，人口达5 200多万，是苏格兰的10倍之多，人口平均密度每平方公里400余人，是苏格兰的6倍多。世界名城爱丁堡，也就区区数十万人，而繁盛的大格拉斯哥地区，在克莱德河下游两岸，竟然集中了苏格兰超过40%的人口，达到230万人，但是格拉斯哥市本身也就58万多人。这么算起来，苏格兰，尤其是北方高地真的是人烟稀少。因此，从英格兰富庶之地出发，一路北上，跨过曾经壮观的哈德良长城，渐渐就会感受到苏格兰的天高地阔。如果是秋冬时分来到高地，可以明显感受到在英国难得一见的无边荒凉与些许肃杀。

地球人都知道，英国人习惯于互相问候天气，那是因为这个岛国的天气变化实在太过频繁，所以英国广播公司的天气预报是以小时来公告的。可是，当你来到苏格兰高地，才知道原来晴雨之间是互相“秒杀”的，正所谓“阳光总在风雨时，彩虹便是寻常事”。我想说的是，苏格兰高地气候的“风云变幻”，是苏格兰历史“风云变幻”的写照。

人类在苏格兰地区活动的历史可以追溯万年之久，而最早有文字记载是在公元1世纪，正是罗马帝国扩张到此地的时候。2 000多年的苏格兰文明史，说长不长、说短不短，关键是土著与外来民族相互拼杀又相互融合得很是频繁，要说清楚并不容易。实际上，我在苏格兰的三天行程，就是在具象的空间体悟抽象的时间，也是在跋涉苏格兰人的历史。

苏格兰高地，有海拔1 300多米的英伦最高峰本尼维斯山、传说凄美故事的三姊妹山以及望不尽的山野荒原，这都在表达着原始的远古记忆；辽阔的洛蒙湖、湖畔宁静的拉斯小村，或可表达质朴的农业文明；克莱德河及格拉斯哥城市，用工业、资本、制造、革命、科技等关键词，诠释物质膨胀的现代精神。爱丁堡则不愧为首府，旧镇新城结伴比邻：以王子街公园为界，一侧的皇家大道（或称皇家一英里，Royal Mile）区域为中世纪的旧时代遗存，还有时间更早的爱丁堡城堡；另一侧的王子街始建于

18世纪，彼时正值工业文明曙光乍现。此外，开启现代思想饕餮盛宴的休谟、亚当·斯密等先哲，被塑以静默的雕像站立于街角路边，注视英伦、洞察世事。爱丁堡就如穿梭时光的缩微模型，你尽可以徜徉其中，去细细品读苏格兰的历史。

苏格兰复杂的历史脉络，也可以通过地名找到线索。以高地—低地来粗略划分，大多数苏格兰的地名可追溯至盖尔语、苏格兰语和英语若干不同的源头。在苏格兰的克莱德河及西南部，有大量凯尔特语地名；北部及西边诸岛，斯堪的纳维亚及维京人的几个世纪统治，留下一些源自挪威的地名；曾经强大的皮克特人的语言则随处可见。另外，不列颠帝国时代，大量苏格兰人背井离乡赶往新世界去创造新生活，他们将家乡的地名也一起带了过去，例如澳大利亚的珀斯、加拿大的卡尔加里、新西兰的达尼丁，而最能够体现苏格兰人全球影响力的让人想不到的例子竟是非洲马拉维的布兰太尔，这个地名源自19世纪苏格兰探险者利文斯通在拉纳克郡的出生地。这些地名渊源的背后，是生活在不同空间的民族、人种在不同的时间发生的残酷的火并或美好的融合，是苏格兰这个弹丸之地的多元特质，也是苏格兰人远行全球的不安分足迹。在里丁大学图书馆，我读到的一本书，名为 *To The Ends of the Earth: Scotland's Global Diaspora 1750—2010*（London: Allen Lane/Penguin Books, 2011），即是专题论述苏格兰对外殖民扩张、拓展全球生存空间的历史。横亘英伦的哈德良长城以及一望无际的海洋天堑，都无法禁锢不安分的苏格兰人，他们远行全球，创设中英之间乃至东西方文明之间的良性交融，还表达文明与利益冲突导致的血与火。

在中国，苏格兰人威廉·贾丁（William Jardine）和詹姆斯·马西森（James Matheson）通过罪恶的鸦片贸易，攫取巨额利润，因此创建了一个商业帝国，为中国自1840—1842年开始的半殖民地化以及南方小岛香港的发展推波助澜。1865年，另一个苏格兰人托马斯·萨瑟兰德（Thomas Sutherland）创建了"香港和上海银行"，也就是后来大名鼎鼎的汇丰银行（The Hong Kong and Shanghai Banking Corporation，HSBC）。而罗伯特·莫里森（Robert Morrison）则在稍早时候，带了几个中国助手，将《圣经》翻译成中文。相比于前面几位，庄士敦（Reginald Fleming Johnston）则是在中国近代史上拥有更大名气的苏格兰人，因为他曾经做过清朝末代皇帝爱新觉罗·溥仪的"外教"。庄士敦毕业于爱丁堡大学和牛津大学，1898年来到中国，是一位"中国通"。从1919年开始，庄士敦应邀为溥仪讲授英语、数学、地理等课程。后来，庄士敦回到英国伦敦大学任教，著有《儒家与近代中国》《佛教中国》《紫禁城的黄昏》等书，成为著名的汉学家。这几位的经历，恰好也在证明历史诠释的艰难与复杂，对于中国近代史而言更是如此。

（王智）

古镇的年轮和消长的文明

不管时间节点如何不同、名称界定有何差异，东西方的人类都是要经历农耕文明，再到工业文明。从时间上来说，农耕文明时代相比于工业文明时代，有其特定的生活样式；从空间来说，东西方在其各自经历的农耕文明时代，生活样式在很多方面是相似的，或者说“异曲同工”。例如，中国和英国都有在农耕文明昌盛之时所形成的百姓聚集居住的市镇。这些市镇，随着工业化、现代化的急剧推进而逐渐消失，或者样态大变。真正原汁原味保存下来的古镇，少之又少。即便在中国这样的现代化的后进国家，保存完整的古时市镇现今也都是弥足珍贵。

例如在中国，作为皖南民居典型代表的西递，始建于北宋皇祐年间（1049—1054年），距今已有近千年，被誉为“中国传统文化的缩影”“中国明清民居博物馆”。再如江南小镇周庄，被誉为“中国第一水乡”，始建于1086年（北宋元祐元年）。令人流连忘返的丽江古城，始建于宋末元初（公元13世纪后期），至今也已历经800多年的历史沧桑。

英国自然也有类似的古镇，例如Henley-on-Thames，谷歌地图将其标注为“泰晤士河畔亨利”，旅英中国人一般称之为“亨利小镇”。据查，亨利小镇隶属英格兰的牛津郡，其初建年代恰恰与中国的西递和周庄大体上在同一时期。亨利小镇的最初记载始于1179年，当时国王亨利二世在此购买土地建造房屋。这一现象，证明中英或者说东西方文明进阶的相互呼应。彼时正是农耕文明的壮年时期，远隔重洋万山的中国人与英国人，几乎没有来往，可是却各自过着相似的生活。大家逐水建房，枕水而居；日出而作，日落而息；摇橹捕鱼，稼穑繁忙；邻里守望，鸡犬相闻。

今天，我们负笈西洋，是因为英伦开现代风气之先。可是文明总是由远及近、自低至高次第发展的，这种进程就如同地球岩层或古树年轮，被一层层存储下来。因此，我们既可在繁华都市伦敦观摩先进、领悟高度，竟也能从伦敦沿着泰晤士河上溯数十公里，就似乎穿过时间的河流，来到千年前的亨利古镇，发思古之幽情，领略文明年轮的涟漪散扩。

可是，由于历史的、自然的、族群的种种原因，东西方文明年轮的涟漪并不是等距均时地铺陈散扩的。文明的消长就如往返跨时区旅行导致的时间零和，有趣而意蕴深长。

从伦敦到北京，从零时区到东八区，飞机在万米高空飞行 8 000 余公里，这是跨越东西方的巨大时空转换。9 月，我从北京出发飞赴伦敦，出发的时候是 18 日约 14 时，到达伦敦的时候是 18 日约 18 时，时针回拨 7 个小时（如果不是英国实行夏令制的话，本来是 8 个小时），相当于白捡了一个夜晚。12 月，我从伦敦飞回北京，出发的时间是 16 日约 18 时，到达北京的时间已经是 17 日约 12 时，时针又前拨了 8 个小时，三个月前白捡的那个夜晚又原封不动地被消解。这就是时间，无论怎样，它都是不增不减的零和状态，不可抗拒，无法逆转。

实际上，大自然及人类社会在一个特定的时间点上来说，都是同样遵循这种零和博弈的基本法则。或许这是此次英伦之行对于中西方比较进行反思的最大感悟——我想说的是，以超越的视角来看，人类不同文明进程其实大体上是相仿的，尽管某个时段水平此起彼伏，但是在大历史的视界中，相互之间分歧并没有想象得那么大。

英伦泰晤士河畔枕水人家与中国江河沿岸古镇相似的农耕样态，即在证明这种文明的进程共识。可是，当中国与其他若干区域构建人类文明的“轴心时代”的时候，并不见不列颠的显著印记。近代欧洲崛起，葡萄牙、西班牙、荷兰、德意志、法兰西等各领风骚。

在 19 世纪的大多数时候，维多利亚时代大英帝国成就史无前例的“日不落”霸业，中国却以被掠夺者的身份陪衬其中。此后中国一直紧紧追赶，到 21 世纪，中国崛起隐隐然似已势不可当。以大历史的眼光，中国的落后只是近现代的一个多世纪而已。在近现代一个多世纪之前的一两千年，中华文明在其中的大多数时期处于领先地位。依照目前中国的发展势头，大概会在近现代一个多世纪之后，迎来新一波长时期之领先地位。就如英国，在轴心时代默默无闻，在近代称霸全球，在当代似又回归沉寂。此谓文明的此消彼长，就如时间的零和。中英现存延续千年的若干古镇，既印证东西方文明进阶的相互呼应，又阐释大国兴衰背后的文明消长。从这个意义上说，所谓“历史终结论”并不可靠。至于西方道路取向的“别无选择”（There Is No Alternative，TINA），更是任性、自负与粗暴的。

（王智）

“国殇纪念日”“光棍节”与购物狂欢

对中国人来说，11 月 11 日本来是一年当中平淡无奇的 1/365。不知从何时起，这个由四个光滑笔直的“1”组成的日子被年轻人赋予自嘲或自娱的内涵，成为万众欢度的“光棍节”。一向善于运用概念、创造赚钱噱头的电商（新科首富就在其中）顺势而为，将“光棍节”延伸为单身者“脱光”的疯狂购物节，进而成为网络时代中国的新消费文化。

与中国形成强烈反差的是，11 月 11 日是英国的“国殇纪念日”（Remembrance Day）。1918 年的 11 月 11 日，战败国德国的代表在停战协定上签字，第一次世界大战交战方的战争行为宣告停止。第二年的 6 月 28

日，《凡尔赛和约》在法国巴黎的凡尔赛宫签署，标志着第一次世界大战正式结束。从1919年开始，英国乃至英联邦成员国为了纪念在战争中为国捐躯的将士，将11月11日作为“国殇纪念日”，也即“停战纪念日”。

但凡第一次听闻这个纪念日的人，都会在第一时间记住它，因为那一朵朵慑人心魄的暗红色的虞美人花。今年恰逢第一次世界大战爆发100周年，11月的英国，在大学课堂、在电视荧屏，在伦敦塔边、在伦敦眼上，在大街小巷、在千家万户，虞美人红无处不在，伤感纪念无处不在，肃穆庄严无处不在。上至女王、首相，下至平民百姓，都在打捞一个共同的国家记忆——勇士慨慷赴死，大军一往无前；一抹红留香，千秋功业悲壮。不得不说，这是一种非常成功的国家意识形态灌输和公民爱国主义教育，抽象的价值与具象的仪式被极其有效地统合起来。作为一名外国人，我身处其中，也不能不受到感染。

可是，第一次世界大战、巴黎和会、《凡尔赛和约》等，在中国人的记忆中，却是惨痛多于悲壮，屈辱淹没荣耀。

第一次世界大战无所谓正义与邪恶，它是力量消长频繁剧烈的列强重构秩序的解决之道，更是一场史无前例的相互屠杀，人类第一次用自身科技进步带来的热兵器高效地大规模地杀戮同类。从1914年到1918年，第一次世界大战历时4年有余，战火席卷欧、亚、非三大洲，参战国达30多个。每一个被后世祭奠的烈士，都是各自国家的民族英雄，却是这场战祸的始作俑者。

作为协约国成员，中国是第一次世界大战的战胜国，“中国参与欧洲和会全权委员”外交总长陆徵祥、驻美公使顾维钧、南方政府代表王正廷、驻英公使施肇基、驻比公使魏宸组等兴冲冲赶赴法国参加巴黎和会，却发现所处地位与战败国无二。在美国总统威尔逊、英国首相劳合·乔治、法国总理克里孟梭“三巨头”主导下，有关国家签订了处置德国的《凡尔赛和约》，还分别同奥、匈、土等国签订了一系列和约，这些条约和两年后在华盛顿会议上签订的若干条约一起，构成“凡尔赛—华盛顿体系”，确立美、英、法等主要战胜国主导的国际政治格局。中国的权益在这一体系中再遭践踏：列强在华特权不能取消，战败国德国在山东半岛的利权竟也无法收归中国，新贵日本虎视眈眈意欲染指。令西方人始料未及的是，他们的傲慢与贪婪，导致中国一代知识分子集体的思想转向，改变中国历史进程的五四运动因此爆发。欧风美雨似是镜花水月，“以俄为师”成为时代强音。在某种意义上说，中国人在第一次世界大战后选择的道路，是西方列强反推的。

在百年艰难历程中，中国有属于自己的痛彻心扉的国殇记忆。

从第二次鸦片战争开始，在不到100年的时间里，中国的首都三次被外敌占领、劫掠甚至屠城。1937年12月13日，发生了最耻辱、最悲惨的南京大屠杀。历史是用来明志，不是用来记仇的。可是，直到现在，关于南京大屠杀到底日军有没有杀掉那么多人，甚至是否存在，竟仍被一些日本政客、学者，甚至中国的个别学者所质疑。更多的学者，因此去寻找更多的证据，用以驳斥那些无良之人。这是不得不做、却又充满耻辱的论证。2014年的12月13日，是首个南京大屠杀死难者国家公祭日，也是全国人大常委会以立法形式确定南京大屠杀死难者国家公祭日后的第一个纪念日。在不久前的11月11日，我感受到英国“国殇纪念日”遍布城乡的暗红色虞美人花，诠释全民同悲切、共纪念的肃穆庄严。中国的“国殇纪念日”，更有沉淀于历史、永远挥之不去的肃穆庄严。前事不忘后事之师，不管时间过去多久，中国一直需要面对自身的历史至痛，公祭之！或许，我们也需要每人一朵小小的圣洁白花，汇聚13亿的澎湃忧伤，钩沉历史智慧。

百年历史，多少故事；风云变幻，谁能尽言？2014年11月11日傍晚，英国广播公司网站刊发“Armistice Day: Final Tower Poppy Laid as UK Honours Fallen”一文，描述全英各地、朝野上下如何盛大肃穆地纪念属于他们的历史荣耀；同日，中国新华社发布消息《习近平主持APEC第二十二次领导人非正式会议并讲话》以及《北京纲领：构建融合、创新、互联的亚太——亚太经合组织第二十二次领导人非正式会议宣言》，中国以前所未有的影响力在这个世界上最大的经济合作组织中纵横捭阖、长袖善舞；12日零时刚过，新浪网报道：《阿里双十一全天交易额571亿元　移动端达243亿》，“从2009年到2014年，‘双十一’已经从天猫扩散到全电商平台，从国内扩展到全球。‘双十一’，正逐渐从单一的电商营销日，变为全球消费者的购物狂欢节”。到了2015年的“双十一”当天，阿里巴巴旗下各平台总交易额达到令人震惊的912亿元！北京时间11月11日22时30分，美国纽约证券交易所在水立方为2015年天猫“双十一”全球狂欢节举行远程开市敲钟仪式，这是纽约证券交易所首次为一家中国的互联网企业举行远程敲钟仪式。

这是庄严的11月11日，这是兴奋的11月11日，这是疯狂的11月11日。然而，这是谁的11月11日并不重要，重要的是无论时光怎样轮回，年年有今日、岁岁有今朝，没有人能主宰这个普通的1/365。

（王智）

社会的检视

“温柔”背后的“华丽”账单

世界这么大，居然能在加州大学圣迭戈分校的校园里偶遇老同学小文！小文比我早来美国四个多月，我俩也算是地道的“他乡遇故知”，小文激动得眼圈都红了，拉着我一定要一起午餐。

边吃边聊，我得知小文是受国家留学基金委资助来圣迭戈分校访学半年。因为访学时间比较长而孩子还小，她不得不带着孩子和母亲一同前来。比起在国内，小文瘦了不少，人也显得有些憔悴。我忍不住问：“怎么样？一切都还顺利？”没想到我这一问，一下子打开了小文的话匣子，她一肚子的苦水向我汹涌而来。

“别提了，我们现在是归心似箭啊！”小文告诉我，初到美国，她和母亲、孩子曾为美国的蓝天白云、大海沙滩兴奋不已，比起北京的雾霾，感觉简直是到了人间天堂。然而，几次带孩子和老人上医院的经历，很快就把他们从天堂拉回到了人间。

小文到圣迭戈后给孩子找了一家托管班。一是为了孩子有个玩伴，二是也可以顺便让孩子练练口语。在学校附近就有一个很好的幼儿园，可惜名额有限，需要提前半年排队。她只好在更远一些的地方找了一个不用排队、相对便宜的幼儿园。小文说，这个应该是中下层美国人才会送孩子来的地方，一个星期 200 美元，需要转两趟车，40 分钟车程，咬咬牙也还算能承受。

没想到，两周之后，小文的孩子生病了，最高的时候烧到 39.8℃。小文急得要死，只好找中国留学生打听怎么去看医生。谁料他们都告诉小文，美国看病太贵，像这样感冒发烧，多喝水，撑撑就过去了。没办法，小文只好给孩子吃从家里带来的感冒药“美林”，然后就是一杯一杯地逼着孩子喝水。但是，一周过去了，孩子还是反反复复地发烧，几乎要崩溃的小文只得咬咬牙，下决心带孩子去看医生。

小文在同学的陪同下开车去了一家儿科诊所。在前台填好了各种信息之后，护士带他们来到一个单独的房间。焦急地等了十多分钟，一位穿着白褂、仪态优雅的女士走了进来。她态度和蔼、语调温柔。先是询问了孩子的情况，接着掀开孩子的衣服听诊，最后在孩子的口腔取了准备做检查的唾液就离开了，整个过程也就 5 分钟左右。医生离开之后，他们继续在房间里等待检查结果。大概20分钟后，医生回来了，手上拿着一份检查报告，将近两页纸，详细记录了整个检查的情况。医生告诉他们，初步诊断结果是病毒感染，唾液检查还要送到某个检测中心，结果要等几天后才能拿到。如果有问题医院会电话通知，如果没问题就不联系了。医生建议：回去后如果孩子还发烧并且超过38.5℃，就继续吃“美林”把温度降下来，同时要注意多喝水。医生又给开了一瓶咳嗽药，说是会让孩子感觉舒服点。这药一般药店都有卖的，很便宜，开了三天的量，也就两三美元。

小文说，整个过程下来，她彻底折服了，直后悔没有早带孩子来，以致让孩子白白受这么多天的罪！美国医生这么温柔，这么体贴，服务这么周到，与国内看病的经历相比，简直是天壤之别啊！她说在国内有一次孩子半夜发烧，下着倾盆大雨，他们深夜开车带孩子到医院，挂号、排队，到处是等着给孩子看病的人，很多父母实在太累，在楼道席地而睡。好容易轮到叫号，大夫也是最多三五分钟就解决了问题，连多问几句话的机会都没有。倒不是说医生不耐心，而是排在后面的患者已经马上要冲进来了！哎，中国实在是人太多了！而这里，每个患者都有一个独立的房间，医生不厌其烦、温柔体贴地回答患者或家属的问题。小文说：“在这里我仿佛终于找到了尊严！”

可是，半个月后，小文忽然接到一张账单。看了账单，她吓了一跳：400多美元，是孩子看病的账单！医生不就是问了几句话，听听诊，做了唾液检查也没见到结果，给出的治疗建议还是小文去医院前凭常识采取的办法，这就400多美元，折合人民币2 500元啊！小文说，她忽然又觉得后悔了，早知道那温柔医生背后这么“凶猛”的账单，真还不如再挺挺呢！看来，还是那些出国多年的留学生有经验啊！

祸不单行，一周之后，倒霉的事情又发生了，小文的母亲陪孩子踢球，把脚给崴伤了。崴伤之后，小文用冷水冲、冰袋敷等，做了一些应急处理。之后，赶紧打电话向保险公司咨询。保险公司说，急诊不能报销，必须先预约医生，而且据说急诊出诊费就要300美元。小文母亲心疼钱，死活不愿意去看。她只好又打电话咨询国内的朋友，也说是应该问题不大，崴伤很常见，一般休养一两个月就好了。可是，没想到老人的脚越肿越严重，整个脚都是淤青的，完全不能行动。看来，医院这关还是逃不过，小文只好按照保险公司中的医生名单一个一个地打电话预约。最终选了一个能最快提供治疗的骨科医生，但也要一周之后才能去看。

小文母亲的脚动弹不得，且疼得厉害，但却束手无策，只能度日如年般地干等着一周后预约时间的到来。终于等到预约时间，小文说：我已经对这种预约才能看病的机制恨透了！首先是在前台登记，然后护士测量血压等，接着拍片，然后是等着。10多分钟后，大夫过来了，说脚踝有骨裂，不是骨折，没有大碍，可以回去了。我忍不住问小文：“不用打石膏吗？”小文说：“医生说不用。”“那不用开药吗？等了这么久，就这样被打发回去？”小文说，她也不甘心，也问了这个问题，但医生还是说不用。医生还说，大概三个月就可以走路。虽然也没得到什么医院治疗，但知道不是骨折，小文和母亲心里还是踏实多了。两周后，小文又带母亲去复查，又走了一遍上次的流程。医生还是温柔地告诉她们：恢复得非常好，一个月后再来复查。两周之后，小文照例收到了账单，两次一共 1 400 美元左右。其中，第一次医生拿去了 900 多美元；护士量体温和血压，拿去了 100 多美元；拍片大概用去 200 多美元。有了以前带孩子看病的经验，小文虽然心疼但也不觉得太意外了。我忍不住插话："美国的医生真是赚钱啊！"小文说自己粗粗算过，平均起来医生的话大概一个字得 10 美元呢！交了账单后，小文还要按照约定带母亲去复查，可老人家怎么也不愿意去了，她说医生说的全都是废话，没必要白给他们送钱。

现在时间过去三个多月了，小文的母亲还要借助拐杖才能走路。本来是想让母亲帮助带孩子，现在需要照顾的除了孩子还要加上母亲。小文想起那位温柔的医生预测的三个月康复时间，就是一声冷笑：简直是笑话！小文的母亲至今提起来还忍不住要骂那些医生：还不如我们县城医院的大夫！

我只好安慰小文："谁让咱们是老外呢！非国民待遇嘛！"小文却撇撇嘴道，国民待遇又如何？美国一直被称为"唯一一个没有全民医保的发达国家"。在美国，有钱人可以有多名私人医生，因为他们能支付得起每月昂贵的保险费。穷人则只能寻找那些保险费较低的医疗保险机构，到指定的医院就诊。但美国还有一个群体，他们既不属于低收入人群，也不属于老龄人和儿童，因此没有被纳入医疗保险体系的覆盖范围，同时，他们的经济实力也无力购买私人保险产品。如果没有加入医疗保险，一个普通工人一个月的收入往往只够缴一天的住院费。因此，如果没有医疗保险，一旦大病缠身，就意味着倾家荡产。小文就是因为心存侥幸，希望老人、孩子在美期间能平安无事，从而省下一大笔可能会白缴的医疗保险费，才遭遇“看病难”的麻烦。

“那买不起保险的人如果得大病就只能等死吗？”我问小文。“不会。美国法律有规定，即使患者没有医保，医院也不能以缴不起费为由拒绝治疗，病人无法支付的费用最终由政府埋单。”小文告诉我，“但这又引发另一个社会问题，这笔费用造成美国政府巨大的财政负担，医保改革也因此一直是美国政府的重点议题。”奥巴马上任以来一直在推动医保改革，多次进行医保改革法案的制定和修改。医改新法案规定，到2014年，所有的美国居民都必须购买医疗保险，否则要缴纳罚款，但这一方面与美国社会普遍奉行的自由主义和限制政府思想有冲突，同时也引发一些人担心会额外增加税收和财政负担，进而影响经济复苏。更因为医改法案触动各方利益，改革进程可以说一波三折、几经坎坷。加之“三权分立”及“竞争上岗”竞选制度的政治掣肘，奥巴马想把一件好事办好并非易事，医改法案的推动、落实可谓阻力重重，前途渺茫。

回国后，再去医院就医，又想起小文一家在美国求医的经历，忽然对医生们多了一份理解和敬意。而看到享受着各种类型国家医疗保障的人们，也感觉格外的温暖。虽然这里没有那么宽敞充裕的医疗场地，医生们也因为匆忙而没有那么耐心和温柔，然而，一想到小文接到的那些“华丽”的账单，想到我们背后的医疗保障，心里还是踏实了许多。

（冯秀军）

“富门”与“寒门”

圣迭戈距离洛杉矶这个仅次于纽约的全美第二大城市，仅有两个小时的车程。趁着到洛杉矶参加“全美道德教育年会”，会议结束时正好赶上周末，我计划会后跟朋友们一起去感受一下这个有着“天使之城”“娱乐之城”“科技之城”等诸多美誉的城市。

来到洛杉矶，星光大道是必然要去的地方。为了节约，我们特意从网上预订了一处一晚 40 多美元的汽车旅馆，就在紧邻星光大道的中央大街上。在星光璀璨的大街上漫步，或许还能邂逅一位好莱坞巨星，想想都令人兴奋。

“天使之城”果然非同凡响。一踏进环球影城，立刻感受到一种强烈的视觉冲击力。好莱坞大片中的各种造型在这里化作各种商品，各种广告，让人眼花缭乱、应接不暇。这个梦幻一般的造梦工厂里人头攒动，其场面之壮观堪比中国的春运。每个人都想来这里窥视那些好莱坞巨制的秘密，“侏罗纪公园”“变形金刚”等宛如电影场景重现的游乐项目，让人们在这些现代高科技成就中亲身体验“过把瘾就死”的惊险刺激。迪士尼乐园则既是孩子们的乐土，也是成年人的乐园，这里有无数的偶像和传奇。孩子、欢笑、鲜花、气球、喷泉、旋转木马、童话里的城堡、各种卡通造型，宛如人间天堂。

环球影城和迪士尼乐园的门票价格不菲，但这似乎并不妨碍这里人声鼎沸。来之前就听人说，游玩环球影城和迪士尼乐园，每个都至少要抽出一天的时间。来了才知所言不虚。每一个项目都需要排很长时间的队，人实在太多，最少要等上 40 分钟，多的话有可能会到一两个小时，非得有极大的耐心和极其浓厚的兴趣才能坚持。当然，如果时间紧张，也有解决的办法，那就是只要荷包允许，可以购买专门的特殊优待。但是差价巨大，普通门票大致要 600 元人民币，优待票则一下子跳到了 2 000 元左右，儿童票的价格也几乎和成人票一样。在逃无可逃的加州阳光的考验之下，看着不知道绕了几个回环的蜿蜒长队，若不是心疼那已经支付的 100 美元的门票，我屡屡有放弃的冲动。当然，在我们排队排到几乎要中暑崩溃的时候，总会不时看到有人悠然自得地直接进入特殊通道。看来，资本和市场的定义就是这么直截了当，一下子就将这些来寻找童年或是做个童话里的美梦的人分出了三六九等。

从好莱坞出来，我们驱车前往比弗利山庄。据说这是世界上最富有的那一群人居住的地方。年轻的模特们在比弗利的金字招牌底下摆着各种精致的造型。越往山上走，越是清幽，每一栋别墅都有其独特的设计，庭院深深，有一种侯门深似海的感觉。中国的石狮，希腊的门廊，罗马的喷泉，元素虽然杂糅，做工却分外精良。烈日下，拉丁裔的园林工人在默默劳作，安静而且专业。树叶被分袋分批运走，枝干被细心归集。仔细看看，比弗利山庄是有它的分区的，几乎每到一个更高的地段和更幽深的位置，就会突然出现一个路牌，注明是私人地区，严禁闯入。运送货物的车以及像我们这样的访客，必须严格遵守自己的路线，与那些比弗利山庄真正的主人走不同的路，不得僭越。看来，这才是比弗利山庄的铁律。

我们时间有限，只好把这些行程浓缩到一天。夜幕降临，我们回到中央大街上的星光大道。白天的洛杉矶高楼林立，生气勃勃，艺术气息浓厚。夜晚的中央大街又是另一番景象。灯火辉煌中仍旧是人头攒动，各种街头艺术表演，衣着光鲜之人逍遥悠闲，衣着褴褛之人静坐乞讨，路边的酒吧琴声悠扬，商店里五光十色。一路走来，人们在地上寻找自己钟情的巨星的名字和印迹，找到的人激动不已，找不到的人继续寻觅。这里同样很像一个美丽的梦境。

只可惜，这并不是洛杉矶的全部。当我们沿着中央大街往下面再行进的时候，突然间就移步换景了，简直就像好莱坞的蒙太奇手法。华灯不见了，酒吧和衣着光鲜的路人消失了，街道变得萧瑟，黑漆漆的一片。睁大双眼再看，街上没有人，也没有小店，只有电线杆上的广告纸在飘。当停在路口等红绿灯时，流浪汉跌跌撞撞来敲我们的车窗，同行的小姑娘吓得忍不住尖叫！原来，在这同一条大街之上，在耀眼的星光大道尽头，衔接的是洛杉矶的另一面：贫民区。

所有的兴奋戛然而止，取而代之的是忐忑不安。终于在战战兢兢中摸索着找到了我们预订的汽车旅馆。负责登记的是一名印度人，他隔着开得很小的窗子很小心地把钥匙递给我们，然后迅速地拉上窗门，都不愿意多讲一个字。我们看到窗门上写的“不要吸毒”字样，更增添了心惊肉跳的感觉。想另换住处，无奈人生地不熟，不敢贸然行动，只好和衣将就一宿。半夜不时传来颇有节奏的 rap 歌声、饮酒声、尖叫声，一夜无眠。

第二天，匆忙起来上车逃离。白天再打量贫民区，依然是没有多少人，更没有多少生气，愈发显得空旷。街道转角处，睡着一个流浪汉，蜷成一团，不仔细看，很难看出这里有一个活着的、有血有肉的人。到处都是垃圾，以及铁皮房子和废弃车上的涂鸦。如果不曾深入中央大街的尽头，我们可能永远不会察觉这个城市光鲜亮丽背后的另一面。穿过贫民区，再次经过星光大道，似又换了一番天地，金光闪闪的好莱坞仍然在孜孜不倦地打造着美国梦。

忽然想起前几天在《纽约时报》上看到的一篇报道：富人走正门，穷人走穷人的门。是说在曼哈顿的水滨地带新建了一栋33层的玻璃幕墙大厦，这栋大楼能满足花费高达2 500万美元（约合人民币1.5亿元）购置一套共管公寓的买家所期待的一切，比如门房服务、多间娱乐室，以及哈德逊河数英里外一览无余的风景。该项目还将迎合那些收入不超过5万美元（约合人民币31万元）的租户。但他们不会享受相同的待遇，甚至不允许共用同样的大楼入口。这栋楼房起因于纽约市的一项政策，它意在用税收减免、补贴政策和其他各种各样的激励措施，来鼓励开发商们修建保障性住房。这栋楼房的开发商Extell开发公司（Extell Development Company）借助的是一个名为“包容性分区住房”（Inclusive Zoning Housing）的项目，允许开发商的项目实际占地面积超过区划法允许的建筑面积，以换取一定数量的低租金公寓。那些增加的建筑面积，可用于滨河大道40号这栋大楼。也就是说，开发商为了换取建筑面积而不得不修建这类保障性住房。对于开发商Extell公司的创始人兼总裁加里·巴尼特（Gary Barnett）来说，让保障性住房并入这栋共管公寓楼中，就意味着“牺牲掉”其中那些最有价值的单元。“我们原本是无法建造保障性住房的，”他说，“这样做在财务上没有任何意义。”既然开发商只在乎“财务上的意义”，出现此一楼双门的“寒门”现象也就在情理之中。

记得当时看到这则新闻后跟朋友调侃：原来不只人有穷富之分，连门也有“富门”（rich door）与“寒门”（poor door）之分。从洛杉矶的中央大街出来，再次印证了这一点，只要人有如此分明的穷富之分，与人相关的一切就必然都有了区分：环球影城里的不同入口，比弗利的不同路线，中央大街的两段街道，也包括我们在圣迭戈所见识的穷人超市与富人超市，原来它们都有着不同的归属，有着无形但绝对有力的边界。

“这是个如此明目张胆的隔离行为，”女议员罗森塔尔说，“人们一看到那两扇分开的大门，就会明白。这不再是一种假设。无论怎么看，这都像一种歧视。”或许，这种一楼两门的“寒门”现象只是因为它过于明目张胆，才触痛了人们。然而，即便在社会各界的压力下允许穷人与富人共用那扇豪华的门，真正的隔离就可以消除了吗？在那两扇明目张胆的“富门”与“寒门”之后的隔离，在一个私有财产得到最强有力的庇护、只追求“财务上的意义”的国度里，导致隔离的根源是什么？又该如何消除呢？

（冯秀军）

“高品质”生活的背后

圣迭戈是美国加利福尼亚州的一个太平洋沿岸城市，位于美国本土的西南角，以温暖的气候和多处沙滩著名。圣迭戈属热带沙漠气候，冬季温暖，夏季凉爽，阳光充足，降雨较少，年均降水量仅10英寸左右。所以，来圣迭戈之前，最令人神往的，当属圣迭戈的蓝天大海和加州阳光了。

刚到圣迭戈，便有热情的中国老乡来访，我们自然也向他们请教了不少在当地生活的“秘籍”和“攻略”，他们也热情地为我们提供了不少的建议和忠告。其中一项郑重嘱咐让我印象深刻：千万不要在小区里晾晒衣服，包括自家露台上，不然物业会有警告甚至处罚。我很不解：“那洗衣服怎么办？难道都在室内晾干？”“不用啊，美国家家户户都有大功率的洗衣机和烘干机，衣服洗完直接烘干就可以了！”老乡笑着告诉我。“那多浪费啊！这么好的阳光，还天然地杀菌消毒！烘干浪费电，又不卫生，还伤衣物。”“呵呵，你想多了，美国人财大气粗，才不在乎这点能源呢！”又走访了几处同学们租住的房子，还真是，家家户户都备有超大功率的洗衣机和烘干机。厨房里的电器设备也都类似。烤箱、洗碗机、电炉、冰箱，统统都是超大功率，个头全都硕大无比。尤其是烤箱，一次一只烤全羊，简直不在话下。

虽说圣迭戈地处太平洋海岸，却属热带沙漠气候，干旱少雨，今年的水荒更严重，但看来人们的生活丝毫没有因此而有什么变化。即使小区毗邻太平洋，门前就是可供人们游泳嬉戏的大海和沙滩，小区里的泳池、私人院子里的私家泳池依然是随处可见。听说游泳池是这里所有小区的标准配置，哪怕是水荒，也不会让它空置。更令人大跌眼镜的是，很多游泳池是24小时的水循环，难怪看起来那么清澈通透。此外，要是嫌水温不够高，或者临时起意想做温泉按摩，游泳池旁边都配了一个SPA池，只要启动池边的按钮，随时都能制造冲浪的效果。在我们的想象中，水资源如此匮乏，早就应该实行阶梯水价了，但是据说这里每个月的水费是固定按人头收取的，而且并不高，热水也是即开即有。

老乡告诉我们，在这里，人们可以不受季节和气候的影响。夏天出门不用担心会被热浪灼伤，秋冬也不必顾虑被严寒侵扰。在盛夏，户外到处都是不间断吹送新鲜水雾的大功率风扇，商场和学校的冷气太强，出门甚至应该带上披肩防止伤风。而早在深秋就会开启户外取暖设备，室外的电采暖和天然气采暖装置随处可见。我恍然大悟，怪不得美剧里的美女们在寒冬里都是大外套底下直接短衣短裤配人字拖！原来不是她们抗寒能力强，而是人家舍得砸钱！事实上，因为冬天暖气太热，穿少一点反倒更为明智。想起以前跟在美国读书的小弟视频聊天，他大冬天在实验室里居然穿短袖衬衫，总是被母亲骂，不知道爱惜身体，看来他也不过是入乡随俗吧！可是，对于我们这些来自发展中国家、节俭惯了的人来说，对于这种把暖气和空调装在室外的做法，还是感觉不可思议。要么是美国人太奢侈，要么就是纯属烧包发神经。我甚至在想，美国人能不能再“豪气”一点，给地球也装个空调，以解决全球气候变暖问题呢？

出门在外，如厕自然也是一个大问题。在这里所见到的卫生间，包括偏远地区的卫生间，基本上都配备三种纸，即卫生纸、马桶垫纸和擦手纸。洗手液和热水，也都是多数美式卫生间的标准配置。朋友家的小孩在美国入学，老师准备了一份长长的学校物品购买清单，其中洗手液的种类就有餐前、餐后和手工用三种，餐巾纸、擦手纸和湿纸巾也分门别类，格外齐全，至于各种笔记本和彩铅更是不胜枚举。原以为都是孩子在学校的必备学习用品，等到学期结束才发现，很多物品甚至都没有拆封，而下学期的采购清单已接踵而至。因为孩子的年级升了，按照学校的特别说明，所有的生活和学习用品也都应该升级换代了。朋友询问孩子，这是常态还是特例，被告知所有的孩子都是如此，大家都在扔、在淘汰，好像也都习惯了。朋友讲，很多留学生到美国来，很多基本的生活用具都不用买，直接出去捡就可以了。床、床垫、桌椅、家电、文具、玩具以及锅碗瓢盆，很多半新甚至几乎崭新的名牌包、旅行箱、衣物等，一应俱全。小区负责打扫卫生的人会很感谢人们捡走这些物品，因为减轻了他们的工作量。朋友告诉我，他父母前来探亲，看到这些几乎崭新的物品被丢弃，经常是喜怒交加：喜的是不费吹灰之力就能捡到“宝”，怒的是感到他们太作孽、太浪费。

等到和朋友开车出门，就更是大开眼界。在中国，一个家庭购置车的重要考量之一是这台车是否省油、是否节能。但在这里，省油好像并非重要的卖点，动力强劲才是最有号召力的噱头。普通家庭的汽车保有量，早就超过了平均每户 1.9 辆。有数据表明，全美小汽车耗油，占全美能源总消耗的 1/4，占全美石油总耗的一半。美国每天消耗石油是世界平均水平的 6.6 倍，是发展中国家的 10 倍。据美国著名汽车杂志《沃德汽车世界》公布的全球机动车保有量排名，美国以 2.4 亿辆汽车注册量位居全球第一。一个标准的美国中产家庭一般是如下的形象：父亲开一辆皮卡（后面有拖斗的类型，用于上班及家庭货物运输，排气量通常在 3.0 以上），母亲开一辆面包车（7 座，用于接送孩子和家庭出游，排气量通常在 2.4 或 3.0），这仅仅是最“正常”的配置，还没有算上孩子获得驾照后可能得到的作为礼物的汽车。成千上万辆的大排量汽车，每天在道路上消耗着巨额的廉价汽油。即便是在加利福尼亚州，汽油价格相对得克萨斯州等资源大州偏高，节约开车的比例还是很少。我们经常看到，下午三四点钟的时候就有很多车开着大灯，原来很奇怪他们就算不考虑他人视线，难道就不心疼自己的油钱吗？现在看，这种对美国人来说绝对小儿科的事情，我们显然是想多了！

在校园内，办公室很少有下班后关电脑的习惯。这不是加利福尼亚州独有的现象，而是全美的普遍做法。据一份2009年出炉的个人电脑能源报告称，在10.8亿台办公室电脑中，有一半没有在下班之后关闭。这份报告声称，如果美国人可以在晚上不使用计算机的时候正确关闭电源，那么仅晚上节省的电费就高达28亿美元。

到超市去购物，大量的商品存在过度包装的现象，而且使用的还多是不容易降解的材料。我们去奥特莱斯为家人买礼物，店员也总是将礼品包了又包，偶尔有一次，因为要分送家人，我们问礼品可否分开包装，店员便痛快地拿出十几个纸袋，还很热情地问够不够。

食物的浪费也不容小觑。在餐馆吃自助餐，很多人的盘中都堆成了山。这并不代表他们的食量就真的巨大无比，只是很多人不介意尝试各种新事物，更不介意如果不合意的话，吃一点就将其全部扔掉。对此，餐馆不会有任何意见。唯一见过不要浪费的友好提示，是在加利福尼亚州某镇的一家中餐馆，而且，也仅仅是提示而已。据美国环境保护署2014年的报告称，美国人的浪费已经达到了令人震惊的程度，每年要丢掉大约3 400万吨食物，相当于所有生产、收获和购买食品的21%。

衣食住行，柴米油盐，这种高奢高耗的生活方式让一向被父母训示要勤俭节约的我倍感不自在。跟一位同学说起此事，结果惹人家笑话：你是不是吃不到葡萄说葡萄酸啊？是这样的吗？我想这恐怕绝非一个简单的嫉妒问题。我在想，到底是什么在支撑着美国人如此高能耗的生活呢？查了一下资料，居然发现，一个普通美国人每天耗费的能源是普通中国人的 15 倍之多！

为什么会如此？为什么能如此？有人将这种高能耗的生活方式完全归结为美国资源丰富、地广人稀。乍一听，似乎也能说得过去。但若再往深里想，将美国人口和中国人口以及各自耗费能源的比重进行测算，这种高能耗生活就很难得到有效合理的解释了。美国所消耗的能源和全世界的能源总量根本不成比例。他们的总人口只占到世界的 5%，年人均能源消耗量则是世界年人均能源消耗量的 4 倍多，年人均耗水量约为世界平均水平的 3 倍。美国年人均制造垃圾量比世界平均水平高 2 倍，人均二氧化碳排放量比世界平均水平高 4 倍。

既然有超出平均水平的浪费，也自然需要有人来为此埋单。显然，埋单者并非美国本土，而是全世界，特别是第三世界国家承担了这种高能耗生活的代价。污染物跨境转移是这些年美国企业备受全球谴责的事实，其背后是美国自身的环境保护法律和条款越来越严苛，其国内一些污染较重的企业，以及该国已经积压的污染物，为了避免处理成本过高，甚至难以处理，美国通过出口方式将污染物运送到发展中国家，支付极低的污染物接收补偿。与此相关的是，美国是唯一一个没有签署《京都议定书》的工业化国家，美国在哥本哈根会议上对有着13亿多人口、人均碳排放量远低于美国、作为发展中国家的中国碳排放量的指责最多，对中国未来的全球环境责任要求最多，而对本国在过去200年间的全球最大碳排放量却竭力回避。为何如此的“为富而不仁”，无他，但利益也！不妨设想，如果没有巧取与豪夺，没有从他国掠夺资源做支撑，没有他国代替付出环境与能源代价，这种习以为常的高能耗生活又该如何持续呢？

（冯秀军）

美国市场里的中国“制造”与“创造”

来到美国的中国人，无论是出差还是访学，一般都会有购物的安排。国人在美国购物，又有几大类：一是买那些比国内便宜很多的名牌商品，如箱包、衣服、鞋帽等；二是买那些引领科技新潮流的高精尖科技产品，比如苹果手机、电脑等；三是买那些物美价廉的保健品、营养品等。我们也不例外。当然，作为女性，对衣物、箱包等名牌商品，我们自然是更感兴趣。

凡出国的人都明白，购买物美价廉的品牌衣物、鞋帽、箱包等商品，奥特莱斯是最佳选择。虽然奥特莱斯的商品多数是尾货，但基本覆盖大多数全球知名品牌，且一般质量都比较好，最主要的是价格比国内便宜很多，这也是出国购物最具吸引力的地方。尤其是赶上圣诞节或感恩节这样的大节日，商家会有很多的大幅度促销活动，吸引了不少消费者。

我们居住的地方，离奥特莱斯十多分钟车程，晚饭后散步时，大家常会相互招呼着一起结伴过去逛逛。逛过几次，逐渐熟悉了这家奥特莱斯，也从中发现了一些有意思的东西。比如，我们发现，很多品牌的衣服、鞋子、玩具等，在不显眼的标签上标注着“MADE IN CHINA”。有同学自嘲：“前几次来买东西也没注意，回去一看，敢情不远万里来到美国，还是买了一堆国货！回去送人都不好意思！”当然，更多同学认为还是很值得，即使是这些“中国制造”的商品，在国内的价格也会高出很多，在这里购买还是非常划算的。我们还发现，总体来看，价格较为昂贵的一线品牌商品中，“中国制造”的相对较少，而10美元之下的很多廉价商品中，“中国制造”的比例要高得多。

当然，不仅仅是中国人喜欢这些物美价廉的“中国制造”的商品，它们也是许多普通美国人日常生活用品消费的主角，受到很多美国人的青睐。由于中国市场劳动力相对低廉，相对于劳动力成本高的美国，产品制造成本明显降低，美国人可以由此享受到实实在在的好处。不过，由于“中国制造”抢占了美国的生产份额，美国制造业联盟曾经为此发起过“抵制中国制造”的运动。记得几年前网上有一个非常火的新闻报道，大致是说有一家在直布罗陀注册的公司，向美国相关部门提交申请“NOT

MADE IN CHINA”的商标，遭到了拒绝，后来又向欧盟提交报告申请这个商标，也未能通过。想来这家公司无非要通过这样的造势，来表达“中国制造质量低劣”的意思。然而，人们很快就发现，没有了“中国制造”，他们的生活受到了实实在在的影响。尤其是对普通大众而言，抵制“中国制造”，没有了物美价廉的实惠选择，他们感受到的是生活品质的下降，而非相反。因此，只要“中国制造”的商品能保持良好的品质，应该说市场前景依旧广阔。我曾经在奥特莱斯买过一件价格中等的美国产上衣，居然不到一个月的时间袖口和前襟就起球了；另一件价格便宜一些的“MADE IN USA”的T恤，穿了两次就脱了线。而同等价位的“MADE IN CHINA”的T恤，质量就比它要好很多。或许，这也可以解释为什么中国货在美国依然受欢迎吧！

听一位在美国待了十多年的朋友讲，前些年的美国商场中，大到家具家电，小到牙签螺丝，几乎很难找到不是中国制造的东西，就连奥巴马头像玩偶、美国星条旗，都有很大份额是产自中国。然而，只要仔细深入地观察就会发现，与前些年“中国制造”一统天下的局面相比，今天这种局面正在瓦解。

一方面，在“中国制造”一统天下的低端市场中，如今正在悄悄地发生变化。我注意到，尽管奥特莱斯的低端产品仍然以“MADE IN CHINA”为主，但是也有越来越多的越南、马来西亚、印度尼西亚、孟加拉国、土耳其等非“中国制造”的产品。这向我们传递的信息是，中国的廉价劳动力优势正在丧失，而其他发展中国家由于拥有更廉价的劳动力，中、低端产业链条正在向这些国家转移。由于当下中国劳动密集型产品是粗放型的，出口增长主要依赖低价格和数量推动，产品加工程度低，技术含量低，附加值小，缺少名牌，越是这种低端状态，越容易受到挑战。看来，如果我们还像过去那样过分依赖出口，过分强调劳动力的低成本优势，“中国制造”的传统优势势必将被逐渐地蚕食。

另一方面，在美国有几类商品极少有“中国制造”的影子，或者说，“中国制造”其实尚未能跻身这些市场领域。比如，在美国市场中，入口的食品，很少找到“中国制造”（华人超市除外）。在超市琳琅满目的货架上，你会发现，生鲜食品大多产自美国、加拿大、智利等国；包装食品如糖果、薯片、饼干等的产地基本上是美国；瓜果蔬菜基本都是产自美国本土；牛奶、酸奶和乳制品也基本不是“中国制造”；与皮肤接触的生活用品（比如卫生纸、洗衣粉等）不是“中国制造”；女性用品的产地也基本不会是中国；洗发水、漱口水、洗衣粉、肥皂、染发剂不是“中国制造”；美国的婴儿食品由于管理很严格，也同样大多数不是“中国制造”。

除了以上这些，美国药品和保健品也很难见到“中国制造”。美国的保健品和药品管理很严格，一种保健品或新药从研发到上市，有的要经历十年或者更长的时间，反复试验，才能上市。中国的保健品如果想要在美国市场上销售，要经过很多程序和关卡，要求非常严格。所以，在美国的药店，很少能看到“中国制造”的药品和保健品。中国的游客喜欢到奥特莱斯和机场购买高级化妆品或护肤品，在众多的彩妆、高级香水和高中档护肤品中，也很难看到“中国制造”。汽车、飞机发动机等高端科技产品，特别是核心技术部分，多非“中国制造”。美国波音飞机制造公司是在全世界都有名的飞机制造商，波音飞机部分发动机在英国制造，只有部分尾翼在中国制造。据说，这是因为波音飞机的核心技术部分，以中国目前的热处理技术、材料工艺和加工工艺尚难以胜任。

我们曾特意去好市多（COSTCO）卖场看保健品，还真是连一件“中国制造”的商品都没看到。同样，在热衷美国高科技电子产品的小吴同学的带领下我们到一家家电市场，从耳机、音箱，到电脑、手机、冰箱、洗衣机等家电，除了两家日本产品外，就是美国、德国的商品，“中国制造”则是零分。当然最令人失望和不满的是，我预订的一只 MOTO 360 运动手表，居然其系统语言有英语、日语、法语、韩语等，却唯独没有中文，我只好愤愤不平地退货。

由此看来，与仅仅简单加工的“中国制造”低端市场的中国优势不同，在那些引领当今世界科技前沿和潮流的技术产品市场，中国能发出的声音、传出的影响、占领的份额，还是少之又少。印有“中国制造”的产品，仍旧被归入技术含量不高、创新能力落后的行列。改革开放 30 多年来，中国经济的飞速发展，曾经得益于承接世界中低端制造业市场的转移。在中国与发达国家的产业竞争中，勤劳的中国人用“8 亿件衬衫换一架飞机”；一部售价不菲的苹果手机，在中国组装，中国却只能从中赚取微不足道的个位数零头。这也就解释了为什么我国外贸总额虽居世界前三位，但自主创新的高技术产品却只占外贸总额的2%。

今天，就产值规模来说，中国已经超过美国，是全球最大的制造商。作为一个超级制造大国，中国的制造业遍布高、中、低端市场，显然是一个“全能选手”。然而，这个全能选手事实上却是发展极不平衡，其制造能力主要体现在中、低端市场，在这些领域可以说是独占鳌头。一些老牌的发达制造国家，尤其是美国，虽然未必个个是“全能选手”，甚至还出让、转移部分制造业，但是在一些能够获得最大利润的高端技术、专利、军工、标准、品牌、设计等领域，却占有相当高的比重。尤其是，在技术水平及相应的利润分配中，“中国制造”远远达不到“美国制造”的地位。这一点可以从苹果手机产业链及其利润分配中清楚地看到。

在多次亲身的市场体验中，我深切感受到了中国正走在从“中国制造”转向“中国创造”的道路上，走在从“全能选手”转向“高精尖选手”的过程中。这个过程对我国的自主创新能力提升和产业结构升级提出了越来越高的要求。这是一条艰难但无可选择的道路。中国共产党十八届五中全会提出五大发展理念，创新理念位居首位。在美国体验市场的粗浅经历已经让我们感受到，一旦中国的“后发优势”和“比较优势”等红利用尽，创新能力不强将会成为制约我们经济增长和快速发展的“阿喀琉斯之踵”。

当然，在技术和研发层面上，我们仍拥有一定的“后发比较优势”。无论是华为、联想、小米、海尔等一系列中国自主开发的高利润产品，还是包括核、航空、航天、船舶、电子在内的以国防产业为核心的“超级产业”，都让我们看到中国制造业的希望。我们相信，未来可以乘坐中国的大飞机而非仅仅波音和空客去周游世界；我们相信，未来在美国销售最多的汽车是中国的红旗、吉利和比亚迪，而不是日本的丰田和韩国的现代；我们更相信，不远的未来，中国的高铁能够走向世界，“中国制造”能够布满世界的每一个角落。

（冯秀军）

暖心司机与“纽约式过马路”

来到一个陌生的城市，人生地不熟，首先听到的是一个有关美国交通方面的趣事。这次美国之行，我们组成了临时家庭，几个哈尔滨的老乡与北京的一位朋友幸运地成为一家人。刚一上车就听她讲了一个小故事。几年前她与女儿一起到密歇根州留学，开学第一天送女儿去学校，忘了嘱咐孩子回家时在哪一站下车。放学时，孩子在车上很着急，因为她没有父母的联系方式，也不知道在哪儿下车？父母没有接到孩子更是紧张得要命，正当手足无措时，他们突然想到孩子会不会又回到了学校。父母赶到学校一看，简直乐晕了，女儿真在那儿。经过细细询问，原来是司机看到孩子不知道在哪站下车，也没留父母的联系方式，就尽责地把孩子又送回了学校。担心找不到孩子时，却在出发地看到了孩子，这该是多么大的一种惊喜！当然，这得归功于司机的尽责与机智。当时的无比着急与事后的甜蜜回忆形成了一幅让人为之动容的画面。

刚开学的几天，我们经常乘公交车上学，但是既不知道上车的是什么站，也不知道下车的是什么站，因为美国公交车站台上都没有站名，只能凭乘车人询问司机或乘客，描述自己要去的目的地，才能知道在什么地方下车。后来才知道车上有交通手册，如果乘客比较熟悉所在的城市，实际上乘公交车还是非常方便的，你只需要在准备下车的前一站拉一下车上的绳子，司机就知道下一站停车，学生还可以凭学生证免费乘车。车上秩序井然，很多人都在看书，还有部分人在批改学生作业，偶尔也会看到一些衣衫褴褛者，大家对他们并没有冷漠或歧视。司机非常遵守交通规则，每个十字路口都有 STOP 的标志，这时，无论公交车还是私家车都会自觉停车，而且数到三个数才会重新发动，这充分体现出对行人的尊重和对安全的重视。私家车无论是司机还是乘客也都喜欢随时停车，因为沿途的风景美不胜收。尤其是放学途中看到美丽的夕阳，我们多半是迫不及待地下车去看多变的落日与晚霞。沿着波浪连连的太平洋海岸行驶，冲浪的人随着波浪时起时伏，潇洒至极，自由可能就是这个感觉吧。我还观察到一个非常奇怪的现象，那就是几乎所有的车重新发动时都会非常快，这与我们慢起车省油的观念出入很大，带着这个问题我询问了一些中国留学生，他们说美国人一般不太在乎油耗，主要原因是美国油比较便宜，这真是资源大国就是任性呀！

刚到圣迭戈，所见所闻尽是新鲜事，尤其是交通中的新鲜事很多，这些新鲜事说明美国人有遵守秩序的习惯。但到纽约后才发现，原来还存在着“纽约式过马路”。在纽约我们看到，很多行人我行我素，过马路时全然不顾车辆和其他行人，只顾自己走自己的，不看交通标志，集体闯红灯的现象也非常普遍。在圣迭戈和华盛顿一般很难看见不遵守交通规则的现象，可是，在纽约乱闯红灯可以说是司空见惯。在国内，一直被告知，美国人非常守规矩，绝对不会闯红灯。现在才发现，并非如此。针对这种现象，人们发表了不同的意见，2013年6月6日，闾丘露薇在《羊城晚报》发表文章《纽约式过马路》。她认为，在纽约过马路，如果不仔细观察的话，会被简单地评论为“中国式过马路”。但只要仔细看就会发现，行人闯红灯一定是在确保没有车辆，或不影响驾车者车速的时候才过马路，而当行人绿灯亮时，车辆一定是会让走斑马线的行人优先。言外之意，“美国式过马路”比“中国式过马路”有它的可取之处。这篇小文引起了很大的反响，不少人纷纷吐槽闾丘露薇：这不废话吗，真的很崇洋媚外呀！外国人连闯红灯都比国内好，谁闯红灯不是闯呀！同样的过马路方式，在美国就叫“纽约式过马路”，在中国就叫没素质。

应该说，网友们的评论有一定的道理。总体上来说，美国大多数城市的交通秩序都不错，但纽约无论是交通还是治安确实存在一些问题。其实“纽约式过马路”已经有很长的时间了，也出现了一些问题，2013年，纽约市就有176名行人因交通事故丧生。白思豪上任之初，提出交通事故“零死亡”承诺，但是“零死亡”愿景遇到了巨大挑战，因为行人被车撞死的现象确实没有杜绝。为此，纽约警察承受着很大的压力，他们不断向违规行人开罚单，仅2014年向行人开出的罚单已为前一年的将近8倍。这又引起了行人的不满，致使纽约警政关系紧张、警民关系僵持，这种紧张和无序在短暂的时间内并不容易解决。

美国不仅有人闯红灯，也有人酒驾，还有人乱扔垃圾。在圣迭戈举行的航空展上，我们就亲眼看到了散场后留下的遍地垃圾。任何一个国家的发展都须经历一个过程，人的素质的提高也不是一蹴而就的。反映这些问题的存在不是目的，关键在于正视并解决它们，所有能触发争议的问题，都有其价值，因为它能带来反思和变革。在这里之所以感慨于“纽约式过马路”，并无意为“中国式过马路”开脱。无可否认，中国人过马路自然存在不可回避的问题，也亟须我们每个人意识到问题的严重性，毕竟这威胁到人的生命安全。但仅就过马路而言，无论是“中国式过马路”还是“纽约式过马路”，之所以形成不文明的过马路现象，都是由多个因素导致的。我们由衷地希望交通信号灯的设置更加合理，因为不可否认的是，确实有些人是因为信号时间过长，或信号不宜被人看见，或信号离斑马线过远，而不确切知道自己是否闯了红灯。我们也希望行人的交通法规意识及道德素质提高，不要有法不责众的心理，也不应有从众的行为，凡事要以对他人和自己的生命尊重为前提，切不可因小失大。希望通过对中国式或美国式过马路现象的探讨能够真正实现文明过马路。

到纽约的第一件事是了解了这个城市的过马路，接下来遇到的事情也印象深刻。这座城市的交通有些混乱，刚到纽约，费了很多时间才找到希尔顿逸林酒店，之所以费时间是因为很多路都封闭了，或者单行，大多数路都在维修，路上车很多，车很不好开。本来就很累了，可是到了酒店，很长时间都没有办好入住手续，原因是电脑坏了，酒店服务员不紧不慢，工作效率极其低下，也没有道歉的意思，只是让我们在那儿等着。虽然很生气，但无奈人在他乡，而且英语听说能力不太好，只能忍着。今天一早，就去了哥伦比亚大学，但是找了半个多小时也没找到停车的地方，好不容易找了一个地方停下，终于来到了著名的哥大，但校园很小，各座楼之间距离很近。参观了一会儿就来到了第五大道，但在开车去往第五大道的途中，不断地听到警笛的声音，据说昨天晚上纽约举行了游行，因为弗格森事件中陪审团做出了不起诉警察的决定。市中心不断听到警车或者消防车的声音，让人感觉很不安全。另一件让人不愉快的事情就是，有太多的路因维修而暂时封闭，因此不但车很难开，而且很堵车，想找个停车的地方就更难了，真是让人无可奈何。路两边的行人行色匆匆，别人问路时也不友好，路上垃圾很多，破纸片满天飞，不像圣迭戈那样阳光明媚，也不像华盛顿那样干净清爽。路两边的高楼林立，给人以压抑的感觉，这个城市太不适合生活了。

一个国家的城市之间交通情况会有差异，国家之间的交通差异也必然存在，正如文化差异一样，明智的选择是认识差异、分析差异、比较差异。通过“纽约式过马路”，我们知道，美国的交通情况并不像世人所说的那样秩序井然，纽约不仅交通混乱，而且社会治安也不太好，社会服务更是不尽如人意，这是真实的纽约，也是美国的一部分。看来，我们可以羡慕美国，但美国并非一切都好，也并非一切都适合中国，相信“中国式过马路”会逐渐成为过去，中国在发展的过程中会越来越完善。

（李庆霞）

乘高铁游学还是一个梦

为了创造机会了解美国，每到周末，我们要么应老师之邀去其家中做客，要么去老师所在的学院访谈，要么走访周边的学校和城市。借着周末和假期，我们参观了西部的斯坦福、加州大学洛杉矶分校、加州大学伯克利分校、加州理工、旧金山等，以及东部的耶鲁大学、哈佛大学、哥伦比亚大学、普林斯顿大学、麻省理工学院、宾夕法尼亚大学等，对这些学校的了解让我受益匪浅。其中，普林斯顿大学让我至今难忘。

假期较短，行程紧张，急匆匆赶到普林斯顿时，已经傍晚了，本以为还能看到清晰的校园，可惜天黑得太快了，刚找到免费校车，夜幕已经降临，只能夜游据说全美最美的校园了。这个校园有很多哥特式建筑，夜幕也掩饰不住它们的美。幸运的是遇到了一个专门研究东亚的学生，她带我们游览了校园，介绍了主要的办公楼和教堂、宿舍楼等，这里有几个小故事与大家分享。据说，普林斯顿大学的学生从上大学开始就要在教堂定下婚礼的时间，然后再去找要结婚的人，因为普林斯顿大学的毕业生太爱他们的母校了，有太多的学生想在母校举行婚礼，不提前预订的话根本不行。为什么如此爱母校？那是因为母校爱他们。带我们参观的学生下学期要去清华和北师大学习汉语，学校给她支付全部的学费，这样的学校会有哪个学生不爱它呢？

普林斯顿大学每年招收的学生不多，全校只有6 500名左右的学生，每个学生至少会两门外语，大多学生会三四门外语，还有很多学生会七八门外语，真是神人呀，不佩服不行。他们每周要看100篇论文，每周要写10篇论文，量大得惊人！好在图书馆24小时开放，学生可以连轴转。学校提倡诚信考试，任何一个考试都没有监考，有时老师还提前把考卷发给大家，学生可以回宿舍，在教室、图书馆或者校园中的椅子上答卷，没有学生会作弊。普林斯顿大学是全世界最富有的大学之一，学校的校训是：她因上帝的力量而繁荣（Under God's power she flourishes)。在一片草地的中央有一块铜牌，铭刻着：为国家服务，为所有国家服务（In the Nation's Service，In the Service of All Nations），这是一条后来增添的非正式校训。

在匆忙而紧张的旅程中，我们选择的交通工具大多是飞机或自驾，有时也想坐火车感受一下，却未能如愿以偿。虽然在美国只待了短短的三个月，但总体的感觉是，美国高科技的民用转化率是较低的，无论是地铁中的设施，还是家庭中较笨重的吸尘器，抑或是厨房中的设备，都可反映出来，尤以交通方面的表现最为突出。其间，我们出行主要是自己租车，较近的地方有时也坐“灰狗”，较远的地方以飞机为主，在同一座城市穿梭则首选地铁，只是从未乘过高铁。为什么铁路大国出身的美国，在高铁方面却成了一些美国人所调侃的“发展中国家”了呢？《失落的大陆》一书中曾说：“在美国，只有既坐不起飞机——这在美国可真算是穷到家了——又买不起汽车时，你才会去坐长途汽车。”至于坐火车，人们根本不会考虑。据美国运输部统计，56% 的人采用私人汽车，41% 的人采用飞机，2% 的人乘长途汽车，只有 1% 的人选择火车。中国的“和谐号”从广州到武汉试运营，1 100 公里的行程用了不到 3 个小时，而在美国，从纽约到波士顿只有区区 300 公里，号称特快的阿西乐快线（Acela Express）却要磨蹭 3 个半小时。这可以说是目前美国仅有的一条“高铁”。更为糟糕的是，经常性的晚点以及乏善可陈的车上服务使乘客抱怨不断。据报道，阿西乐快线的准点率大约为 69%。之所以慢，是因为它沿用了旧有的铁轨，而没有为高速列车专门重新铺设铁轨。

虽然美国航空、地铁等交通非常方便，但是却没有高铁，这应该不是技术的原因。对于这个几乎包揽了世界上差不多所有的技术创新和发明的国家来说，技术肯定不是问题。问题在哪儿呢？众所周知，修铁路需要占用大量的土地，高铁对线路的要求较高，沿途需要大量的拆迁补偿，在美国，土地都是私人拥有的，这就涉及要和铁路沿线所有的土地所有者进行谈判，过程肯定异常艰难，补偿款更是天文数字，差不多家家户户都要经过法院判决，程序烦琐，一条铁路光完成拆迁补偿估计都不是一代两代人能完成的。这是任何一家铁路公司甚至美国政府都可能无法做到的事情，也是无法承受得起的。克林顿 1992 年当选总统时，曾幻想着把美国各大城市用日本式的新干线连接起来，但八年下来一无所成。2009 年 4 月，奥巴马为高铁吹响号角，宣布启动最大规模的交通投资，政府拨出 80 亿美元，资助跨越 31 个州的 13 条铁路走廊的高速铁路项目。2010 年，国会又为高铁建设追加了 23 亿美元。但目前投放的资金根本不够兴建加利福尼亚州高铁路线的 1/4，更遑论其他 30 个州的高铁路段。

由于美国高铁的私人属性，各州政府大都禁止将由纳税人的钱组成的财政支出用于补贴私人铁路，并且还要审核其是否能够盈利，这就导致美国高铁只能在建与不建之间徘徊。高速铁路虽然在欧洲和亚洲的某些地区运行顺利，却未必适合每平方英里只有 86 个居住者的美国。乘客出发点和目的地高度分散化，高铁难以适应，这点同欧亚大陆人口密集、高铁有吸引力截然不同。在中国高铁经过的城市中，即使最小的城市也超过了 500 万人口，而从洛杉矶到旧金山，加利福尼亚州高铁沿线的海湾服务区只拥有约400万人口，对于一些偏远地区，并不存在修建高铁的驱动力。在建与不建高铁方面，最为纠结的是加利福尼亚州。计划中的加利福尼亚州高速铁路南起加利福尼亚州第二大城市圣迭戈，途经洛杉矶，最终抵达旧金山，全长约800英里，工程耗资约450亿美元，预计2020年建成。加利福尼亚州高铁设计时速为200英里，建成后从洛杉矶到旧金山只需2小时40分钟，而目前驱车从高速公路往来两地须耗时6~7个小时。加利福尼亚州政府在20世纪80年代就已打算兴建高铁，以连接旧金山和洛杉矶，但因资金和能否盈利的问题，导致该项目争议了近30年时间。2011年，美国佛罗里达州州长瑞克·斯考特宣布，放弃奥巴马总统推动在奥兰多至坦帕两市之间修建高速铁路的计划，断然拒绝了23亿美元的联邦高铁补助，理由是州政府难以承担该项目的潜在超支或补贴资金。

从修高铁来看，私有制和民主也存在无法回避的问题，私有制与社会发展之间存在无法解决的矛盾，民主在一定程度上影响了决策的效率。除此之外，美国高铁计划还受到了一些利益集团的阻挠。高铁项目必然招致汽车、筑路、石油等行业的强势利益集团的强烈反对。奥巴马似乎已知难而退，在其后的国情咨文中，再也没有提起高铁愿景。高铁建设本应是奥巴马任期内的标志性运输项目，但他的第二任任期即将结束，其高铁雄心变成了纸上谈兵。对翘首企盼高铁到来的美国人来说，仍可谓是“路漫漫其修远兮”。在连接新加坡和吉隆坡高铁系统的招标角力中，唯独号称全球科技最发达的美国黯然无光、榜上无名。原因可能在于，美国本身没有像样的高铁系统，从未开发自己的高铁技术，也就没有技术输出可言。

美国有闻名世界的高等教育，吸引了全世界游学者的目光，多少游学者渴望乘坐舒适的高铁穿梭于各大城市之间，既快捷便宜，又可一路浏览自然风光，看来这在短期内注定只能是一个梦了。乘着高铁去游学，那该是多么畅快淋漓的惬意，可惜不知何时才能实现。

（李庆霞）

西方经济学为何不能解释中国奇迹?

亨利商学院是里丁大学一个具有学科优势的学院，据称其办学力量在英国是靠前的，那意味着在全球的同类学科中也名列前茅。正因为如此，或许是爱屋及乌的原因，在看到访学课程安排中有亨利商学院教授的报告时，期待的心情油然而生，那场报告后来也听得特别认真。回头想来，短短一个半小时的报告，主讲嘉宾也没有讲太多的内容，更没有什么高深的理论。倒是他讲的一句话引起了我的特别兴趣和关注，他在报告中称赞中国经济发展取得了巨大成就，令全世界为之敬仰，同时特别提到他感到很困惑，那就是中国经济发展所取得的突出成就没法用西方经济学的理论去解释，倒还问我们一些关于中国的情况。这场报告留给我的最大的问题就是西方经济学为何无法解释中国经济奇迹？联想到近些年来在国际范围内盛行的“唱衰中国”“捧杀中国”“棒杀中国”“中国威胁论”“中国崩溃论”等五花八门的论调，看来困惑西方经济学家的这一问题还真不是随便说说。

改革开放以来，中国经济发展的确取得了举世瞩目的成就，不仅解决了世界上人口最多国家的温饱和小康问题，而且从一个人均国内生产总值不及非洲国家平均数1/3的贫穷落后国家，变为世界第二大经济体、第一大出口国。况且就在西方世界发达国家爆发大规模经济危机，经济普遍不景气的时期，中国经济也风景这边独好，呈现出良好的发展态势。面对中国经济发展的奇迹，西方经济学家有些犯糊涂，因为曾经一个时期一些西方经济学家还因为中国经济发展所走道路的特殊性而预言中国经济会崩溃。那是在20世纪90年代初，当苏联解体和东欧发生剧变、中国从计划经济转向市场经济之时，西方主流经济学普遍认为向市场经济过渡必须实行以全面自由化、私有化为核心的改革，这种改革就是新自由主义理论所倡导的“休克疗法”，其核心和关键就在于私有化、市场化和自由化三个方面。当时，西方经济学界有人预言俄罗斯和东欧国家由于实行了这样的改革将迅速走向繁荣，而中国由于坚持社会主义制度，没有实行全面自由化、私有化的改革，终将走向失败，甚至有人提出社会主义中国将在20世纪被开除球籍。后来，中国的改革没有照搬西方经济学的理论，而是立足中国特殊的国情，根据社会可承受的程度和可动员的条件等情况，妥善处理改革的力度和经济发展的速度、社会可承受程度等之间的关系，充分发挥计划和市场两个手段的作用，以双轨渐进的方式推进经济改革，并随着条件的成熟不断深化改革，探索中国特色社会主义经济改革和建设之路，逐步探索和建立社会主义市场经济体系，经济发展实现了快速发展和高速增长。而在另一个方面，俄罗斯、东欧国家则真的被“休克”了，经济普遍衰退，长期处于停滞状态。不仅如此，20 世纪 80 年代以来，凡是按照西方经济学理论所倡导的“私有化、市场化、自由化”来进行转型的亚非拉其他发展中国家，也都普遍出现经济崩溃、停滞，危机不断，少数在转型中取得经济稳定和快速发展的国家，比如越南、柬埔寨和非洲的毛里求斯，推行的却都是和中国比较接近的双轨渐进式改革。这就是说，事实非但没有朝着西方经济学家预言的方向发展，反而朝着相反的方向发展。如何看待西方经济学家的预言失灵和现实的反讽？这便是亨利商学院教授所提问题的核心和实质所在。

为何西方经济学家对中国经济发展的预言会落空，西方经济学理论何以无法解释中国经济奇迹，我以为这需要从很多方面去分析，至少以下两方面需要予以特别重视：一是西方经济学理论是西方经济学家立足欧美资本主义国家经济发展的实践所提出的，它并不像自然科学理论一样具有普适性。瑞典经济学家冈纳·缪尔达尔（Gunnar Myrdal）曾指出：“这些（西方）经济学术语是从西方世界的生活方式、生活水平、态度、制度和文化中抽象出来的，它们用于分析西方世界可能有意义，并可能得出正确的结论，但是在欠发达国家这样做显然不会得出正确的结论。”这一观点十分深刻。众所周知，中国与英美等国家在所有制等方面截然不同，如英美等国实行的是资本主义私有制，而中国实行的是社会主义公有制，立足私有制基础上形成的经济学理论怎么可能从根本上解释社会主义经济发展的现实呢？二是中国经济的实践发展并不符合西方经济学的理论假设。大家知道，西方经济学的理论体系建立在一系列理论假设基础之上，把追求自身利益最大化的所谓经济人假设作为考虑问题的出发点，把资本主义市场经济当作人类永恒不变的最佳经济形式，把抽象的数理逻辑当作判断经济学是否科学的主要标准，无视不同社会制度和历史条件下人们行为的差异，排除社会制度、政治文化状况等因素对经济生活的影响。无疑，中国经济发展不符合西方经济学理论假设的一系列条件，非但没有发展私有化、自由化、市场化的资本主义经济，反而是坚持社会主义市场经济体制的改革方向，以“三个有利于”作为判断改革是非得失、经济发展好坏的标准，这些做法与西方经济学的理论假设之间无疑是格格不入的，与其崇尚私有制而反对公有制、崇尚自由市场而反对宏观调控的价值取向也是有冲突的。由此，西方经济学不能解释中国经济奇迹就再正常不过了。当然，这并不意味着西方经济学就一无是处，要承认西方经济学中也还包含着若干合理的元素和积极的方面，不能因为西方经济学不能从根本上解释中国经济奇迹就把西方经济学给彻底否定了。认识到以上方面，近些年来一些人把中国经济发展取得的成就，归因于西方经济学关于私有制、市场化、产权理论等的运用与实践，把经济中存在的一切问题都归结于没有按照西方经济学理论来进行改革的荒谬论调自然就不攻自破了。

既然西方经济学无法解释中国经济奇迹，那就有必要发展立足中国实际、符合中国国情、对中国经济发展具有解释力的经济学，即是说需要发展中国特色社会主义经济学，这种经济学应该具有中国特色、中国气派、中国风格。这必然意味着要科学辩证地对待西方经济学，破除对西方经济学的迷信和盲从，增进对中国特色社会主义经济学的理论自信。事实也表明，这样的经济学是完全可能构建出来的。曾担任世界银行首席经济学家的北京大学教授林毅夫早在 1994 年就出版了《中国的奇迹》，后来于 2008 年又把《中国的奇迹》一书的分析框架进一步发展成《新结构经济学》，总结了工业革命以来，尤其是第二次世界大战结束以后，中国和其他发展中国家经济发展的成败经验，从要素禀赋结构、比较优势和企业自身能力出发，探讨了经济发展和转型的本质，论证了市场和政府在经济发展和转型过程中各自的作用和边界，提出了“有效市场”和“有为政府”的理论体系，形成了从根本上有别于西方经济学同时能解释中国经济发展的经济学理论。我以为，这无疑是构建中国特色社会主义经济学的重要尝试，是中国人冲破对西方经济学的盲从，立足中国实际构建马克思主义的新形态经济学的重要尝试。伴随着中国经济的实践发展和中国经济学的理论发展，西方经济学一统天下的局面必将一去不复返！时代和实践的发展呼唤新的经济学理论的诞生，中国经济学人应为之做出努力和尝试！

（白显良）

伦敦环境变迁的今非昔比

来到英国，不能不说伦敦，也不能不去关注伦敦，毕竟伦敦是英国的首都，也是世界的名城，与美国的纽约、日本的东京、法国的巴黎并称全球四大世界性城市。在没有来英国之前，对于伦敦的认识一直停留在书本、课堂及他人的介绍中，所以来了英国之后，特别想去看看雾都伦敦究竟是什么样的，毕竟百闻不如一见。记得几年前伦敦举办奥运会前后，在一些宣传片及人们的日常谈资中，多了一些关于伦敦的话题。我印象特别深刻的是，有人曾提到在伦敦市中心的公园里，随处可见动作轻盈的松鼠，并称这些松鼠一点也不怕人，十分可爱，当时我打内心里有些质疑这些故事，曾想这怎么是可能的事情。

这次来到英国，走进伦敦的一些公园，格林公园、白金汉宫公园、圣詹姆斯公园、海德公园等，的确随处可见可爱的小精灵。它们的确毫不惧人、动作轻盈，与鸽子、乌鸦、海鸥、鸭子等为伍，在湖光树影之间出没，时而靠近人群，时而迅速躲闪，时而忽东忽西，时而跳跃攀爬，时而原地站立，时而侧耳倾听，摆出各种姿势，煞是可爱，给到此游玩的人们带来几多欢乐！在这些公园里，它们享受的完全是明星待遇，只要它们稍稍配合摆出几个憨态可掬的姿势，就会引来无数的镜头对准它们，甚至一些游人为让它们摆几个上镜的姿势煞费苦心，用尽讨好的伎俩。也有一些松鼠十分配合，仿佛读懂了游人的心思，近距离满足游客的好奇心，还时不时通过跳跃、站立、发呆给游人以惊喜。在伦敦大大小小的园林里，不仅可以见着松鼠，还可以看见成群的野鸭、白鹅、海鸥在水中优哉游哉，也有一些鸽子随处可见，时而低飞，时而聚于人群周围觅食，一派温馨、祥和。这从一个侧面反映了伦敦今天自然环境状况的良好。需要说明的一点是，伦敦的公园当然不能代表伦敦的全部，今天的伦敦虽然已经摘掉了雾都的帽子，但还是一个污染比较重的城市，今天的污染主要是因为机动车辆太多，这也是世界上所有大都市都面临的普遍问题。但仅就伦敦公园来看，伦敦的环境状况是不差的。

伦敦曾经有一个别称“雾都”，之所以被称为“雾都”，是因为曾经一个时期伦敦多雾，但雾都伦敦的雾并不是自然天气的雾，而是工业革命后污染所形成的雾。在19世纪，英国的一些文学名著经常出现“雾都”“阴霾”“昏暗”等词汇。文学巨匠狄更斯的一篇小说《雾都孤儿》就让伦敦这个城市的代称名扬四海，他的另一部小说《荒凉山庄》开篇就细致描述了伦敦的雾，称“那是一种沁入人心深处的黑暗，是一种铺天盖地的氛围”。伦敦的雾到20世纪50年代最为严重，那个时期伦敦一年有超过50天的视力范围不超过1 000米的“雾日”。据称，1952年12月4日至9日发生了“伦敦烟雾事件”。当时，伦敦的歌剧院正在上演《茶花女》，雾气严重到歌剧因观众看不见舞台而中止，大白天的伸手不见五指，水陆交通几近瘫痪。据史料记载，仅在12月5日到8日这4天里，伦敦市死亡人数就高达4 000人。在这一周内，伦敦市因支气管炎死亡704人，冠心病死亡281人，心脏衰竭死亡244人，结核病死亡77人。此外，肺炎、肺癌、流行性感冒等呼吸系统疾病的发病率也有显著增加，大雾持续到12月10日才渐渐散去。对于这次烟雾事件，2007年诺贝尔文学奖得主英国女作家多丽丝·莱辛在其著作《特别的猫》中有过形象的描写，她以为是哪里原子弹爆炸后飘来的蘑菇云，或是工厂的毒气泄漏，当时天空漆黑一片，带有像硫磺一样的暗黄色。据统计，像这样的毒雾事件，在英国历史上曾经爆发过四次，分别是在1873年、1880年、1892年和1952年。工业革命前后的英国形成强烈反差，工业革命之前，英国被称为快乐的英格兰，而工业革命后则变成了浓烟滚滚、烟雾弥漫的另一番光景。

众所周知，在工业革命以前，人们所有的衣食住行主要依靠农业，从大自然的土地中索取多，对大自然的污染并不重，那个时候人类活动所形成的污染基本上都是可以降解循环的，靠大自然的自我净化能力就完全可以自行解决。人类对自然环境和生态造成破坏，构成环境威胁主要是进入工业社会以后，因为工业生产要产生一系列的废气、废水、废渣，这些废弃物排入大自然，自然会形成水污染、大气污染等。世界上最早的工业革命发生在英国，英国也是最早完成工业革命的国家。英国率先进行工业革命，从另一种意义上讲也就是率先进行环境污染，并且在工业化的初期，还谈不上多少顾及环境保护的排放，故伴随着工业化进程的推进，污染状况日渐严重，待到工业革命后期，英国的环境状况达到了非常糟糕的程度，那个时候的英国绝非今天这个模样。对于今天英国的环境状况，要历史地看、辩证地看、全面地看，要看到其经历的发展历程，也要看到其采取的合理措施，还要看到其得到的国际支持。

一是要看到英国为改善污染状况所进行的环境治理。在工业化的整个进程中，英国一直是排头兵，走在世界的第一方阵。在完成工业化之后的近一两百年，一方面英国人尝到了工业化污染带来的苦果；另一方面也的确采取了切实的措施予以治理改善，比如在控制空气污染上，世界上第一部空气污染防治法案《清洁空气法》于1956年在英国出台。法律规定在伦敦城内的电厂必须关闭，只能在大伦敦区重建。1968年以后，英国又出台了一系列的空气污染防控法案，这些法案针对各种废气排放进行了严格约束，并制定了明确的处罚措施，有效减少了烟尘和颗粒物的排放。通过这些措施，空气污染状况得到明显改善，进入20世纪70年代以后，伦敦的雾日就逐渐减少。进入20世纪80年代后，伦敦空气质量的首要威胁是交通污染，针对这种情况，英国政府出台了包括优先发展公共交通网络、抑制私车发展，以及减少汽车尾气排放、整治交通拥堵等一系列措施，来抑制交通污染。从1995年起，英国把控制大气污染、改善空气质量问题上升为国家战略，制定了国家空气质量战略，规定各个城市都要进行空气质量的评价，对达不到标准的地区，政府强制在规定期限内达标。欧盟也要求其成员国2012年空气不达标的天数不能超过35天，不然将面临4.5亿美元的巨额罚款。为了符合欧盟标准，伦敦市政府早在2003年就开始对进入市中心的私家车征收"拥堵费"，因为市中心每多一辆车就意味着多了一份拥堵和污染，政府用征收"拥堵费"所得到的收入来改善公交系统。可见，英国今天的空气状况在一定意义上也是治理的结果。

二是要看到英国今天的环境状况是以产业转移为前提的。在看到英国为改善环境状况所做出的有效治理的同时，我们还要认识到一点。英国因为是工业革命的策源地，是率先完成工业革命的国家，经历了几个世纪的积累，在资金、技术、品牌方面都有优势，在整个世界的工业化链条中，它处于先进的高端序列。工业化发展至今，他们在自己的土地上已基本不进行环境污染重、附加值低的工业生产，而是把这些生产线转移到第三世界的欠发达国家，尤其是在今天这样一个全球化的背景下，只要拥有资金、技术和品牌的优势，是很容易做到的。这一点在英国购物时可以看出来，在英国购买英国品牌，会发现相当多的产品根本就不是在英国生产的，而是在其他国家生产的，比如在中国、中东及东南亚的一些国家。今天的中国是世界工厂，也是工业品生产大国，每年替国外品牌生产大量的服装等，但真正赚钱的是国外的跨国公司，而不是中国的工厂及工人。这样一来，对于英国这样的发达国家，工业生产的高额利润获取了，但不需要像从前那样以污染环境为代价，而是利用经济全球化浪潮把工业污染转移到了其他国家。这就对中国这样一些处在工业化进程中的发展中国家提出了一系列严峻挑战，我们如何在参与全球化、实现工业化的同时保护好环境，这是一个大问题，也是一个根本的问题。从根本上讲，在今天全球市场背景下，资本把高额利润、美好环境、良好生态给了发达国家，却把工业污染带给了欠发达国家。在一定意义上，这是国际范围内的经济政治不平等现象，发达国家拼命转移污染，反过来又会对受污染国家施以批评指责，要求其承担环境破坏之责。

三是要看到当下英国在环境保护及教育方面的积极作为。环境问题不是社会中哪一个人的问题，也不是哪一些人的问题，环境是大家的。正如2008年北京奥运会所宣传的那样，我们只有一个地球，全世界的人应该是“同一个世界，同一个梦想”。从这个意义上讲，保护环境，人人有责。只有社会中的每一个人都行动起来，为保护环境尽一份力、做一份贡献，环境保护才能真正落到实处，自然环境也才能真正得以改善。来到英国以后，感受到英国的环保教育确实取得了切实成效，这一点可以在垃圾分类中得以体现。垃圾分类在当今时代早已不再是什么新鲜概念，国内也在提倡垃圾分类，但国人现阶段的垃圾分类还停留在宣传口号上，并没有切实地落实为实实在在的行动。说得多，做得少。来到英国以后，我才真正体会到什么是真正的垃圾分类。英国的公共垃圾桶都是分类垃圾桶，每个家庭扔垃圾前也要进行垃圾分类。在笔者所见到的公共垃圾桶上，从左至右分成塑料瓶、纸张、易拉罐和一般废弃物四类的，每一类还有更细致的要求。塑料瓶丢进之前要求倒空并去掉瓶盖，其他塑料品不应放入其中；纸张类包括纸板、报纸、杂志、信封、手册和书本六种，但文件夹、纸杯、纸盘三种则不应放入其中，系“NO，THANKS”之列；易拉罐仅仅指的是饮料罐、食品罐两种，放入之前也要求倒空。英国要求民众在扔垃圾时就依据垃圾的类型放入相应的垃圾桶中，以便随后的垃圾处理。在英国的房东家，我见到他们也进行分类，并且一到房东家住下，房东就告诉我们垃圾应该如何分类、如何丢弃，比如一般的生活垃圾放在一个地方，一些可以回收重复利用的如牛奶瓶、矿泉水瓶等放在一起，其他一些不能降解，又不能重复利用的放在一起，每个房东家的院子里都有几个大垃圾桶（顺便说一点，之所以是大桶，是因为英国垃圾收取是一周一次，不是每天收取）。有一些做得细致的房东，还尽量把一些垃圾重新利用，变废为宝，如把花园的落叶集中埋在树旁以作为肥料，或者把生活垃圾用来自制一些花肥，等等，既保护了环境，又处理了垃圾。据我在英国三个月的观察，英国民众在垃圾分类这一点上有高度的自觉。这表明，在英国民众那里，实行垃圾分类、保护环境已经成为大家的一个共识，深入人心。

当代中国的环境问题已不可小视，无论是大气污染，还是水体污染、土壤污染等都已经达到了需要引起高度重视的程度了。考察英国环境由美丽英格兰到雾都伦敦，再到今天美丽风光的变迁，总结其“先污染，后治理”模式的经验教训，对于解决中国的环境问题不无裨益。

（白显良）

水乡伯顿的理想与现实

古希腊哲学家赫拉克利特认为，“人不能两次踏入同一条河流”，因为“万物皆动”“万物皆流”。这种哲学问题，想多了会令人发疯。可是，如果没有这些疯子一样的哲人天才般的沉思，人类的思想进步不会有这么快速。我没有考证过赫拉克利特是面对哪条河流而获得如此顿悟的，可是当我在武汉面对长江、在英格兰面对泰晤士河，倒是想起了这句话。这些江河亘古不断，或潺潺或澎湃，水流入海不复返。我们总是在面对不同的河水，从而体悟到时间的流动和文明的演绎。从远古到晚近，人类似乎沿着河流的走向顺流而下，一步步物质充裕、文化昌明，一步步从内陆走向海洋。所以在现今，我们沿着江河上溯，从下游的现代都市去往中上游的市镇、乡村，似乎就能穿越时间，观察和感受一个民族成长的空间印记。

既然这样，我们要游历与感悟英伦，自然不能从伦敦到桑宁到亨利到里丁就戛然而止了，我们仍然要继续溯河而上。从空中俯瞰，泰晤士河曲曲折折，拐了很多道弯，似乎为了能够最大程度地润泽斯土斯人。从里丁北上，蜿蜒经数个市镇，即可到达举世仰慕的牛津。此后拐了个大弯，西向继续溯源，在一个叫纽布里奇（Newbridge）的地方，我们可以暂时放弃泰晤士河的主干，往北转向其支流温德拉什河（River Windrush）。因为在前方，有个誉满英伦的水乡伯顿在等着我们。

温德拉什河长约56公里，它的得名是因为大部分河段水流弯转湍急。此地已经是泰晤士河上游流域——英格兰的科兹沃尔德地区（Cotswolds）。与温德拉什河并行的五六条支流和泰晤士河的干流末端，都一起构成后者的源头，那里有一座在英格兰很罕见的山峦，即科兹沃尔德山（Cotswold Hills），其最高峰克里夫山（Cleeve Hill）也就1 083英尺（约合330米）。可是尽管河段不够长、其发源地的山不够高，温德拉什河还是在实实在在地哺育着沿岸的村镇居民，其中就包括著名的水乡伯顿。

水流弯转湍急的温德拉什河，到了伯顿，却平缓清澈，与两岸房屋、树木、绿地、繁花等，构成图画般的绝美景致。有灵气的河水，有历史的人居，以及河上几座沧桑久远的石拱桥，造就英伦最美的水乡——“科兹沃尔德的威尼斯”。

可是，如果只是一段河水流经这个乡村，水乡之名会被疑为名实不符。实际上，除了温德拉什河之外，环绕或流经伯顿的还有斯劳特河（Slaughter brook）、迪克勒河（River Dikler）等若干河流。而且，伯顿的名头并不简单，因为其精妙风光，更在于其悠久的历史。根据考古发现，伯顿地区最早在新石器时期就有人类活动，此后一直绵延不绝。此前，我曾提到，中国的周庄、西递等古村落与英国的亨利小镇都是在大约千年之前，也即农耕文明的壮年，开始兴建。水乡伯顿有更长的历史，但它成型如今天这样沿着温德拉什河次第聚居的样式，却也差不多与那些古村落在同一时期，也就是从 11 世纪一个基督教堂在此地建造开始。毕竟时间太过久远，现在我们在伯顿所能见到的建筑，大多是 17 世纪的，它们所用的墙体材料，均为科兹沃尔德地区特有的浅黄色石灰岩，在绿水青草鲜花映衬下，格外养眼慰心。实际上，进入温德拉什河流域后，沿途所见的乡村市镇，均是这种样态，因此，整个科兹沃尔德地区，既色彩丰盈，又风格独具。

如此出众的自然禀赋与人文积淀，造就水乡伯顿盛名在外，也导致在旅游高峰季节，伯顿的观光客数量要多过当地居民。我去的那天，深秋颇寒且晨雨如注，因此在伯顿所见游客不算太多。尤其与中国的周庄、丽江等地时时处处均汹涌拥堵的人流车流相比，伯顿简直可以算是“门前冷落”。可是，美丽的伯顿也如美丽的周庄、丽江一样，在原生态与商业化之间纠结。如果说周庄、丽江的原生态已经几乎被商业吞噬殆尽的话，伯顿的商业化程度至少也已经让一部分人心中不快。

理想主义或文化保守主义者，希望能借助原生态的古村落，逃脱喧嚣，穿越回旧时的闲适和心灵的纯净；现实主义的旅游观光客的意愿并不仅仅，甚至并不主要在于品味历史与古旧，而在于呼朋唤友热闹而来，拍拍美景、品味美食、愉悦购物，然后满载而归。显然，这是两种价值观与愿景的冲突与对抗。

在国内，我去过周庄、同里、乌镇、西塘、丽江、婺源、磁器口等古镇、古村落，那些老建筑均是“旧瓶装新酒”，被出租成为各种商店。所谓古镇，仅余旧时样貌的躯壳。水乡伯顿确实没有那么严重，可是规模不大的街道里也充斥着香水店、服装店、钟表店、珠宝饰品店、古董店、酒店、餐馆、咖啡厅等，还有专为旅游项目设计、并无多少文化内涵的所谓“汽车博物馆”“模型村”“鸟语园”。

这是一种对市场的迎合，因为对于大多数观光客而言，理想主义已经渐行渐远，或者说过于奢侈。这不是基于对错的判断，而是一个难以界说的悖论。但不管怎么说，伯顿就是伯顿，不是伦敦；正如丽江就是丽江，不是上海。喧嚣的当代，总还是需要保留若干宁静的人文净土。英国与中国一样，面对市场气势汹汹的扩张，存诸古镇与乡野的理想主义总是渐行渐远。物质化、媚俗化并不仅仅是当下中国才有的社会问题，甚至可以说，这些问题恰恰来自西方发展道路的影响。

（王智）

泰晤士河的生死轮回

人类的成长蒙恩于水的哺育，每个民族都有属于自己的母亲河。通常所说的四大文明古国，无一不是受惠于大河的润泽才兴旺鼎盛的。在科技未兴的远古，气候相对宜人的尼罗河流域、底格里斯河和幼发拉底河流域、印度河和恒河流域、黄河和长江流域，分别孕育和产生对人类文明史影响深远的古埃及、古巴比伦、古印度和华夏文明。欧洲的人类繁衍，自然也离不开水，如果追溯得久远一点，欧洲文明中心主要分布在地中海北岸地区，先后有古希腊和古罗马的盛世伟业，它们对包括英国在内的欧罗巴，乃至后来的北美以及更广的范围产生了无与伦比的影响。

德国哲学家雅斯贝尔斯在1949年出版的《历史的起源与目标》中提出，公元前800年至公元前200年之间，尤其是公元前600年至公元前300年间，是人类文明的“轴心时代”。在此数百年间，人类的精神导师灿若星辰：古印度有释迦牟尼，古希腊有苏格拉底、柏拉图、亚里士多德，中国有孔子、老子，中东有以色列犹太教的先知。我们不难发现，这些先贤均是大河的儿女。在这几条大河边生活的人类，似乎突然获得顿悟，开始懂事起来了。

如果我们把视线拉近一点，地域定位更精细一点，就会发现，在与欧洲大陆隔海相望的大不列颠岛上，有条蜿蜒流淌的泰晤士河及其哺育的英格兰。泰晤士河发源于英格兰西南部的科兹沃尔德山，全长仅300多公里，比起长江、黄河等地球上的一些大江大河，泰晤士河显然很不起眼，可是它流经之处正是英国的繁盛之地，它是英国的母亲河。

泰晤士河沿岸如明珠般镶嵌有10多座城市，流域面积约13 000平方公里。泰晤士河的入海口，即世界之都伦敦。世人熟知的伦敦地标，如威斯敏斯特大教堂、大本钟、圣保罗大教堂、伦敦塔、塔桥以及现代的伦敦眼等，均次第坐落于泰晤士河畔。这些地标，以及泰晤士河入海口的繁忙商船，一起伴随英语文化的全球输出，成为西方文明的象征。

从伦敦沿泰晤士河上溯，你会看到河水逐渐由浊转清，蜿蜒曲折，与两岸人居构成迥异于伦敦的田园风景。河畔的伊顿、温莎、亨利、桑宁、里丁、牛津等，均美不胜收、闻名遐迩。我所旅居的伯克郡里丁镇，就在泰晤士河和它的支流肯尼特河的汇流之处。每每去到里丁河边，或者去到“枕水人家”亨利小镇，或者从里丁出发沿河徒步前往桑尼，都会为晴日蓝天白云绿树青草以及与之匹配的清澈河水所震撼。可是，天生美丽的泰晤士河，也有饱受摧残的时候；饱受摧残的泰晤士河，还是有重获新生的一天。泰晤士河的历史，正是从农耕时代的田园牧歌，到工业化、城市化人口膨胀无序时期的污浊混乱，再到后工业时期痛定思痛的规范治理，人类自我成长、自我反思的历史。

翻阅文献可见，历史上与泰晤士河有关的生态灾难俯拾皆是。1830 年至 1860 年，英国接连爆发霍乱疫情，几万人因此丧命，医学研究认定疫情源自污染的河水；1858 年 6 月，暑热让泰晤士河臭气熏天，史称“巨臭之年”；1878 年，爱丽丝公主号在泰晤士河上沉没，600 多人丧生，事后调查认为多数遇难者并非溺水身亡，而是因河水污染严重、中毒而死；1957 年，泰晤士河因水质太差，生物难以存活，被宣告“死亡”。泰晤士河饱受它所哺育的人类的欲望的摧残，几乎难以再担当母亲河的美誉与责任。污浊的泰晤士河与雾都伦敦一起，成为工业时代的负面符号。在 100 多年的漫长过程中，英国人奋力对抗河水以及环境恶化的趋势，因此有一个个制度立法、一次次政策规定、一笔笔巨资投入，等等。1983 年，一位伦敦垂钓者在泰晤士河钓到一条鲑鱼，获得当局专门奖励，被视为泰晤士河开始起死回生的标志。

如今，环境污染对发展中国家来说是家常便饭，对于走在现代化前列的英国以及西方来说，似乎已经是陈年往事。可是，古时江河孕育的轴心时代的灿烂文化，在历史长河里已经成为人类共同的精神财富；当下仍散布于世界的被污染的江河，也一定是人类共同的困局。每一条母亲河，都是人类共有的。泰晤士河属于英格兰，属于大不列颠及北爱尔兰，也属于一个远渡重洋的旅居者。可是，这种美好是脆弱的——既因为泰晤士河本身的治理并非已经万事大吉，君可见伦敦市区混浊的河水仍在奔流；也因为在一个地球村，没有哪一条河流可以“清者自清”，独善其身。

因此，善待泰晤士河，就如同善待每一条母亲河；享用泰晤士河，就如同享用每一条母亲河；善待与享用母亲河，就是在善待与享用人类自己创造的文明。

但是，英国的蓝天白云，绝不仅仅是自身严苛治理那么简单。

一个物质不充裕的封闭社会，一定有高低贵贱的人群之分：有那么一部分人是阳春白雪、琴棋书画；又有那么一部分人是下里巴人、劳累困顿；两部分互为条件、皮毛相附。至少人类有史以来以及瞻望未来目光所及，不太可能消除这种身份、地位与财富差异。按照《孟子》所说，即所谓“劳心者治人，劳力者治于人”。

在工业革命起步阶段，英国以“羊吃人”的方式实现财富的巨量快速扩张，资本新贵们的财富，正是建立在更多数人的血泪与贫苦基础之上。但是很快，狭小的英伦三岛无法容纳资本巨兽的无尽欲望，借由海洋航路的血火扩张，“日不落”帝国将遍布全球各时区的殖民地庶民裹挟到扩充财富的“劳力者”队列中，大不列颠的本土因此有条件成为纯粹的“劳心者”国度。这是经济的“全球化”，也是世界阶层分野的“全球化”。

所以在当下，我们行走英国（以及一二十个发达国家或地区），满眼所及是令人艳羡的蓝天白云，是绿水青山，是洋房轿车，是优雅文明，是充裕闲适，因为它们用技术与品牌、金融与资本、制度与秩序以及话语权，把雾霾污染、穷山恶水、蜗居饥馑、短缺紧张留给他国（或者即所谓第三世界国家）。久远的未来，如果地球还健在，人类势必要大同。但当你看到欧美大多数地方如此美好、亚非大多数地方如此糟糕，你一定会想到亚非人民为什么如此不争气，恐怕也应会想到人类所谓开化文明以来，尤其是溯源自英国的工业革命和资产阶级革命以来，可怕的“劳心—劳力说”的支配力。

话及至此，恰好看到一则报道：《iPhone 6 成本价仅 1 227 元　富士康每生产一部赚 25 元》，这正是以上观点的案例证明——发达国家（地区）和发展中国家（地区）之间，英美与中国之间，英美技术、品牌尤其是标准、规则和中国富士康式制造型工厂之间，富士康与中国内地工厂、工人之间，中国东南沿海与中西部之间，二元分割的城乡之间，均适用于“劳心—劳力说”的解释框架。

泰晤士河由生至死，又起死回生，伦敦金融街坐拥数世纪繁盛暴利。英国及西方的发展，曾经实现人类财富前所未有的扩张。但资本所有者的财富，正是建立在更多人的血泪、贫苦及脏累的基础之上。世界因此劳心、劳力二元分割，至今不能通融。这是理解包括环境问题在内的几乎所有“中西之辨”乃至“东西之辨”问题的出发点。

（王智）

教育的镜鉴

航空展、老兵节与爱国

我们运气不错，来到圣迭戈短短的三个月，便先后赶上了圣迭戈的航空展和全美的共同节日老兵节。航空展原本一年一度，去年受经济危机影响财政紧张停办了一年，今年又恢复了，看来美国经济还是有所复苏。11月11日的老兵节则是全美的公共假日，学校和政府部门都要放假庆贺。偶然赶上这两件当地人都很重视的“热闹事儿”，我们自然舍不得错过。

当地人对航空展和老兵节的热情大概与圣迭戈的特殊地理位置有关。圣迭戈是美国加利福尼亚州南部的著名旅游城市，也是美国西海岸的天然良港，美国第二大海军基地。圣迭戈海军基地位于圣迭戈市南部、圣迭戈湾东岸，是美国太平洋舰队最大的港口，美国海军第三舰队司令部驻扎于此，舰队半数以上的舰艇包括航空母舰、核潜艇等都以此为母港。圣迭戈的洛马角海军基地也是美国太平洋舰队核潜艇的主要驻泊和维护基地。正因为圣迭戈在军事上的特殊位置，所以航空展和老兵节这两项都与“军”字挂钩儿的活动自然也是最能激起圣迭戈市民的热情的。

航空表演规模浩大且场面震撼。涌动的人潮，万里无云的蓝天，让人睁不开眼睛的加州阳光，看台上花花绿绿的遮阳伞，一飞冲天的战机震耳欲聋的轰鸣声，战机在蓝天上甩出的各种颜色的烟雾造型，蓝色天使扣人心弦的列队对飞，轰炸机模拟战争轰起的火墙，观众席不断爆发出的尖叫声，现场气氛可谓热烈到爆。时间过去这么久，一想起当时的场景，那轰鸣声、爆炸声、尖叫声似乎还在脑海回响。

老兵节在圣迭戈这个军港城市也是一件大事。这个节日起源于第一次世界大战。战争后期，交战双方商定，从 1918 年 11 月 11 日开始休战，这一天被视为世界大战实际结束的日子。1919 年，美国总统威尔逊宣布 11 月 11 日为“休战日”。1938 年，美国通过法律，将休战日设为法定假日。后又在老兵组织的推动下，1954 年正式改名为老兵节，成为在美国具有特殊历史意义和爱国主义价值的公共节日。在这一天，学校和政府会放假，商家会有促销活动，对军人还会有更高的折扣。当然，最热闹的还是在停泊着“中途岛号”航母的港口附近的老兵节游行。游行在 11 月 11 日的 11 时 11 分正式开始，但很多市民会很早来到这里“抢占”观看游行的有利地形。游行分两部分，一部分是老兵们乘着由国旗和鲜花装点的花车，也有伤残的退伍兵坐在轮椅上在家人的陪伴下参加游行，一路迎接人们的欢呼、致敬和掌声；另一部分则是来自大中小学的学生们或童子军们和各种社会团体组织举着旗帜、喊着口号、做着表演的游行。鲜花、旗帜、掌声、欢呼声、鼓乐声，海港路上一片喧腾。

然而，在盛大热烈的活动过去之后，一些当时在热闹中看在眼里却未及深思的细节和片段，反倒在脑海里逐渐清晰起来，甚至链接起来。

有一个片段是对航空展飞行表演之前各种飞机展览的参观。在一架阿富汗战争中立过功勋的战机前，有一支等候参观排队最长的队伍，游客在排队等候坐到驾驶的位置上亲身体验一把。战机前摆放着两张桌子，两位60岁上下的老兵坐在桌后，胸前挂满了奖章。听排队的人讲，这两位老兵是战斗英雄，排队的人们是在等候英雄的签名。排队的多数是孩子，旁边是耐心等候的家长们。轮到一个五六岁样子的小女孩，老兵在一张圆圆的即时贴上签上名字，还写了一句话，探身将签字贴仔细地贴在女孩胸前，然后郑重地向小女孩敬礼并与她握手再见。得到英雄签名的小女孩欢天喜地地挥着手臂跑向父母。签名、贴纸、敬礼、握手，细心的老兵、耐心的父母、开心的小女孩，一切让人感觉温馨而感动。

另一个场景是在飞行表演刚开始的一幕。两架战机冲天而起继而又倏尔不见。不一会儿，轰鸣声又由远及近，消失在蓝天里的战机又“重现江湖”。人群忽然尖叫起来，迎着刺眼的阳光定睛望去，原来是两名飞行员跳伞，黄色的降落伞在阳光下很是鲜艳。又忽然，美国国歌奏响，全场观众全体起立。我们旁边的一家四口人，夫妇两人和两个孩子，全部右手按左胸，仰望天空，大声歌唱。我们跟随起立，抬头向上看去，只见两位飞行员身披星条旗，从天徐徐而降！在蓝天白云和黄色降落伞的映衬下，逐渐清晰的美国国旗显得异常夺目。而这万人仰望从天而降的国旗、手按胸口齐唱国歌的一幕，让我感慨不已。

圣迭戈老兵节游行让我回味的其实是很平常的一幕。游行的气氛欢快而热烈，鲜花、国旗、花车、锣鼓、歌舞、掌声、欢呼声，老兵、老人、婴儿、父母、学生、游客，游行队伍和观看游行的人群中处处洋溢着节日的欢乐。然而，就在“中途岛号”航母停靠处对面的海港岸边，却有一处安静的所在：这里是一大片开阔的茵茵草地，草地上插满了白色的墓碑，上面写着阵亡将士的姓名等信息，每一块碑前插着一面美国国旗，摆放着鲜花。靠路边的地方，立着一块大一些的白色牌子，上面写着：SAN DIEGO VETERANS FOR PEACE，HOMETOWN ARLINGTON WEST，另一块牌子上写着：THESE TOMBSTONES REPRESENT SAN DIEGO，IMPERIAL，ORANGE AND LOS ANGELES COUNTY SERVICE MEMBERS WHO HAVE DIED IN IRAQ AND AFGHANISTAN。这块插满墓碑的草地对面就是“中途岛号”航母。相比游行的热闹，这里格外安静，来来往往的人们在草地边上驻足凝望片刻，然后静静离去。有一个五口之家显得很醒目，一对年轻的夫妇，推着载有两个孩子的婴儿车，旁边还跟着一个七八岁的男孩，全家人手中都拿着国旗，婴儿车、父亲的背包上也插着国旗，一家人在草地边上静立，父亲不时弯腰向小男孩耳语，而后全家人离开，走向前方游行的人群。

随着时间的沉淀，这几个小片段在我的头脑中将航空展与老兵节这两个本不相干的活动连接成一个共同的主题：爱国主义教育。来美国之前，常常听到有人抱怨：中国的爱国主义教育就是“洗脑”，人家美国那样的民主国家才不会钳制思想自由。也听有人说，现在都地球村了，爱国主义那一套太狭隘，早过时了。美国需要爱国主义教育吗？美国有爱国主义教育吗？爱国主义在经济全球化时代真的过时了吗？这次亲眼所见的航空展与老兵节，给了我一个很明确的答案：即使是美国，作为经济全球化的策源地和主要推手，也并没有放弃它的爱国主义教育和宣传。以自由主义立国、以民主典范自居的美国同样需要促进国家认同和凝聚价值共识的爱国主义教育。那铺天盖地的美国国旗，那向为国捐躯英雄的致敬，那展示美国国力的飞行表演，那供人们自由参观的“中途岛号”航母（学生票打折），那绿草地上的墓碑，不都是充满爱国主义意蕴的教育符号吗？

看来，不论中西文化的差异，不论社会制度的差别，在国家还是国际交往的基本主权单位时，爱国主义就有它存在的必然意义。将爱国主义视为过时，或者认为爱国主义教育与民主自由相背离，不是太心急，就是太片面了。因此，问题的关键恐怕不在于要不要爱国主义教育，而是怎样进行爱国主义教育的问题。

如果说航空展和老兵节上的那些不同的场景有一个共同点的话，那就是不论场面热闹还是安静，不论平常还是震撼，它们都让在场的人们，甚至包括我这个不相干的“外国人”为之感动。这不就是爱国主义教育所追求的目标吗？不能抵达心灵、激活情感的爱国主义教育是没有灵魂的教育，也注定是无效的——没有心动，谈何行动？反之，不论爱国主义教育的形式如何、手段如何，只要能让人的内心为之一动，教育就已经收到了回报。

那么，那些场景又是如何打动人们的呢？几万人能自觉起立，手按胸口，高唱国歌，除了场景的震撼，也一定与那些我们没能看到的日常熏陶有关。那些带领孩子耐心排队等待战斗英雄签名的家长，那些推着孩子在烈士墓碑前驻足致敬的家长，就是在告诉他们的下一代：为国家做出贡献的人是值得尊敬的，也是让人敬仰的！看来，爱国主义教育不在于多少高大上的标语和口号，也不能靠听起来正确、想起来空洞的说教，教育的实效在于和人们生活的实际对接。就像那个因得到英雄签名而欢天喜地的小女孩，她的头脑里会想些什么呢？

（冯秀军）

向西还是归去？

今天约了朋友的孩子小慧在学校的普里斯（Price Center）一起午餐。小慧高中毕业即申请赴美来加州大学圣迭戈分校读商科，现在已经是研究生二年级了。小慧在中学时就是一个成绩优异的孩子，早就定下出国深造的目标。考托福、考 SAT、写申请、面试，一路过关斩将，终于如愿以偿地拿到了录取通知书。

走进餐厅，小慧已经在座位上等我。我们边吃边聊，除了生活学习之外，最重要的话题自然是她明年毕业和就业去向的考虑。原以为当年出国信念无比坚定的小慧，毕业的第一打算一定是留在美国工作，或者至少在美国工作几年后，找到合适的机会再回国。这样一来可为自己积攒海外工作经验，二来也可提高将来回国就业的起点。出乎我意料的是，小慧正在积极联系国内的工作。小慧说，美国工作签证 H–1B 越来越难拿，很多公司有了新职位还是愿意优先提供给美国公民，有些大公司则完全不招国际生。当然，像谷歌、脸书这样的大公司，一般不会在乎是否是国际生，但对应聘者的能力和经验要求很高，竞争相当激烈，胜算很小。而一些不知名的小公司，虽然愿意招收国际生，但比较起来它们的实力并不如国内的优秀企业。美国大学生毕业后平均年薪为 4.5 万美元左右，人文学科毕业生工资还远低于这个水平，全年工资在 3 万美元以下，这对于远涉重洋来追寻美国梦的留学生来讲，已经越来越没有吸引力。当然，身份问题只是小慧考虑的一个方面。她愿意回国发展，更多是因为国内有她要成就的人生。小慧说，就她的未来职业规划，她已经与父母有过多次的沟通。她的父母希望她能回国继承他们多年打拼的家族企业。“那你仅仅是为了尊重父母的意愿才决定回国发展的吗？”我忍不住问。“不全是，我自己也有慎重的考虑，”小慧说，“爸妈虽然希望我能回到他们身边，但也尊重我个人的意愿。我决定回国发展主要有两点考虑：一是我的专业就是商科，继承父母的产业也算是专业对口，学以致用，更何况他们已经为我奠定了很厚实的基础；二是这几年在美国学习和生活的所见所闻给我很深的感触：快速发展中的中国拥有美国所没有的巨大市场，拥有潜力巨大、商机无限的发展机会。盲目追求在美国工作、生活的虚名而舍弃国内巨大的市场和机会，对于我来说是一件要了‘面子’而舍了‘里子’的事，仔细想来并不划算。”看着吃着西餐、喝着咖啡的小慧，我深深地感慨：或许正是拥有了国际视野，这个曾经做着疯狂美国梦的孩子才真正懂得了中国的优势。

我和本是在公交车上认识的。本是清华大学化学系毕业，拿到一个博士后研究项目，要在圣迭戈做两年的研究。大概由于我们作息时间相似，在公交车上多次遇到，我们逐渐熟悉起来。在公交车上，一般还是同类人坐在一起的概率比较大。一个白人学生上公交车后，一般会选择坐在白人身边，除非他刚好遇到了熟悉的黑人、黄种人同学，否则他宁愿站着。在这里，从眼神中、从空间站位中，仍然能感觉到那看不见、摸不着的公交车政治学。我也问过本的未来打算。他说，项目做完后，就打算回国工作。文化的认同是本选择回国的主要原因。他觉得，在国外的时间越长，反倒对祖国文化的认同感和归属感越强。在这里工作是好找，但是要想融入当地社会还是很难，尤其是很难融入当地的主流文化，尽管发展机会尚可，但文化和语言上的障碍依然存在。在他看来，人生最重要的是找到适合自己的生活环境和生活方式。他说，或许有留学生的理想就是留在美国，即使是跪着走完，也希望留下。他说，他在这里找不到最舒适的生存状态。相反，中国所拥有的巨大市场、发展机遇以及创业环境，散发着诱人的光芒，这与国际金融危机后美国急转直下的就业形势形成了鲜明对比。他谈到了他的一位同学，说他来美国已经 12 年了，尽管语言不是障碍，但还是很难融入当地人的世界。在国外的科研圈中，要付出比当地人多几倍的努力，才能得到和他们一样的成绩。他常常会觉得，自己的待遇和民工无甚差异，很难找到希望把根扎在这里的归属感。如果回国，发展平台要比这里大得多，现在国内实验室和国外的差距也越来越小。尤其是国家的“千人计划”“长江学者奖励计划”等一系列吸引海外人才的政策，对他们这样的科研人员越来越具有吸引力了。

小何是我弟弟的大学好友，在圣迭戈一家很有规模的 IT 公司工作，已经在美国定居 12 年了。听说我来圣迭戈，执意要请我们几个同学一起吃个饭，尽尽地主之谊。席间意外得知，小何的妻子已经回国，在清华大学美院任教，两个儿子也已经跟随妈妈回国上小学，小何自己也正在申请他现在供职公司的中国岗位，近期很快就会回国。“为什么要回国呢？你们一家已经在美国站稳脚跟了，这样放弃不可惜吗？”我们几个同学纷纷表示不解。同学小杨开玩笑：“你不怕北京的雾霾啊？”小何说，他们一家之所以选择回国，一是妻子这么多年在美国，却终归还是更喜欢在国内的生活环境和生活方式，而小何所在的公司在国内也有很大的市场，他在国内的公司岗位反倒更有优势；二是两个孩子都到了上学的年龄，他们夫妻两个反复商量，不愿意让孩子成为彻头彻尾的皮儿黄心白的“香蕉人”，希望孩子能接受祖国文化的熏陶，打牢中国文化的根基。当然，他们夫妻二人都是独生子女，两边老人上了年纪却又都不习惯国外的生活，也是他们考虑的一个原因。小吴问小何：“不怕回去不适应吗？”小何笑了：“自己出生的地方、生活了二十多年的家乡，适应应该不会很难吧？其实，说到底，我们选择回国，反倒是因为在美国生活了十多年并没有觉得自己真正融入和适应呢！”

在圣迭戈的三个月，在与这些中国留学生的交往中，我发现，在向西还是归去的选择中，越来越多的海外学子选择回国发展。记得曾经看过一份《中国海归发展报告（2013）》国际人才蓝皮书，书中的数据显示，90.9%的留学生因为不想远离父母而回国，78.4%的留学生因为对国内职业发展有信心而回国，66.7%的留学生因为可以享受更好的文化生活而回国。所以，无论是小慧、本还是小何，还有更多远渡重洋的佼佼者，当年他们或是仰慕美国教育之盛名而来，或是为追逐传说中的美国梦而来，海外留学打拼的过程中，他们有喜悦、有失落，也有成长。如同当年更多的人盼望能扎根美国，今天，他们更多的人愿意选择回到自己的祖国发展。或许，人们可以从这一小角中窥见当代中国经济社会发展之全貌。

（冯秀军）

加州大学圣迭戈分校看重什么？

由于历史、文化等方面的差异，不同国家高等教育的价值理念也必然不尽相同。到加州大学圣迭戈分校来，我很想借机了解一下，美国的大学教育更看重什么？在三个月的课程与调查中我感受到，相对于知识的学习，圣迭戈分校更看重的东西是教给学生独立思考的能力和习惯，更基本的教育则是思维和价值观的教育，他们认为，这种教育可以让学生们终生受用不尽。这让我想起耶鲁大学校长理查德·莱文曾经说过的一段话：如果一个学生从耶鲁大学毕业后，居然拥有了某种很专业的知识和技能，这就是耶鲁教育最大的失败。耶鲁大学认为：某种专业的知识和技能，是学生们根据自己的愿望，在大学毕业后才需要去学习和掌握的东西。因此，在美国的大学里，学习的内容不是最重要的，最重要的是如何去学习、如何去思考、如何深入地思考、如何形成价值观。因此，大学老师的引导是最重要的，美国大学的奥秘是让学生学会思考，这在学生工作中可以体现出来，在通识教育中也可以体现出来。

我在圣迭戈分校听了不少有关学生事务管理方面的课程。负责这门课程的是温迪和佩蒂两位老师。两位老师都很认真，课程也很有启发性。从课程学习中我深切感受到，美国高校学生事务管理有着系统的理论引导和明确的教育理念。圣迭戈分校无时无刻不贯穿着把学生作为“全人个体”“唯一个体”的理念，这也是他们能够立足“全人教育”，完整、周全设计学生事务机制构架的精神支撑。教师有意识地引导学生独立思考，他们注重将教育资源呈现给学生，而非将教育的结论或答案直接告诉或灌输给学生；他们强调教育要引导学生去怎么做，而不是让他们怎么做。学校的课程应该是给学生尽可能多的尝试和示范，继而让他们在对个人天赋、能力和潜力进行自我评估的基础上，学会选择和判断。这一点在我们所在的课堂上就有很直接的感受。两位老师都注重师生互动，在每个教学环节都会征求学生意见，问学生还有什么问题。圣迭戈分校的学生事务管理者非常注重研究学生，比如学生的情绪管理、性别意识、不同年级学生的区别、学生的认知规律，他们会根据这些研究开展学生工作，在此基础上做学生工作具有很强的科学性和针对性，当然也会取得好的效果。比较起来，我国高校的学生事务管理工作做得更细致、扎实，有很多独到之处，但在系统的理论研究方面还相对薄弱。

在教学中，我们能非常清晰地感受到两位老师及其同事对于学生管理事务工作的热爱之情。她们讲美国高校学生事务管理工作的发展，讲到国家的历史发展，讲到国家的核心原则，讲到总统的价值观，都满含着自信和自豪。同时，两位老师也都提到了学校、加利福尼亚州及整个美国所面临的挑战，她们对高等教育面临的挑战深感忧虑。两位老师都从不同角度分析了这些挑战的形成原因以及应对挑战的思考。比如，美国高校的留学生教育、二战后退伍军人教育、重视应用学科背景下的通识教育等。从中不难感觉到她们对国家的担忧和关心，更能感受到她们作为国家一员的责任和义务。

来圣迭戈分校之前，我对美国的学生工作和思想政治教育相当好奇。抛开中美的文化和历史差异不说，单就高等教育我们就已经听到了太多的不同。印象中，崇尚自由独立的美国，学生工作似乎没有太多的发挥空间，思想政治教育更是没有存在的理由。但实际上，美国不但非常重视学生工作，而且有学生工作的硕士点、博士点，从事学生工作的人员都要求具有硕士以上学历。圣迭戈分校的学生事务管理工作都紧紧围绕总体的培养目标而展开，同时工作内容非常具体。从各位嘉宾的报告中可以得知该学校的学生事务管理工作非常出色，也取得了较好的成绩，这其中的原因很多，我认为很重要的一个因素是它非常重视理论的引导和指导作用，比如20世纪90年代美国的学生事务管理就开始运用SLI（student learning imperative）理论，基本设想是大学生应该在综合认知能力、运用知识处理实际问题等方面具有较高的素质，学生事务管理人员也是教育者，其使命是帮助学生学习和实现全面发展，注重培养学生的交往能力、沟通能力、表达能力、独立思考能力和批判思维，比如学生会给学生组织的各种活动划拨经费时，要求学生提供完整的方案和预算，同时汇报活动的进展和结果，在这个过程中，学生要一起讨论研究，共同论证活动的可行性和可能出现的问题，提出各种解决方案。总之，老师不是带领大家搞活动，而是放手让学生自己组织，目的在于锻炼学生，提高他们处理问题的能力。

学生事务管理者负责提供资源与服务，但他们不做学生的保姆，旨在提升学生的成熟度与适应社会的能力。在美国的高校中，学校把学生当独立的人看待，当可以承担法律责任的成人看，他们认为这样可以培养学生的独立意识、责任意识、团结意识和公民意识。多个老师和嘉宾都讲到了这句话："以学生为中心，以研究为导向，以服务为手段。"在多次的学习、交流、参观和考察之后，才发现这不是一句口号，而是全校的工作指针和行动目标，学校所有的组织架构都是为"学生"这个中心而设立的，学校有众多的学生指导中心，如写作中心、心理中心、健康中心、体育中心、就业中心、平等中心等，这所近3万人的学校，至少有400名全职的学生事务工作人员，直接面对学生工作，工作人员的配备数量和工作内容在国内高校估计找不到，这让我倍感惊讶。看来，国外不是没有"辅导员”，而是“辅导员”多得你都数不过来。美国高校学生事务工作不是不管学生，而是非行政化的管理，也就是不强迫学生一定要去做什么或不去做什么，强调学生自我管理，强调学生对自己的行为负责，学生出了问题主要由社会及学生自己管理，充分发挥学生参与学校和学生事务的能动性。原以为美国没有“思想政治教育”，实际上他们是把人生观教育和道德培养融入了学生工作的各个方面。

圣迭戈分校的学生事务管理提倡课堂学习与课外学习相结合，该校在大一时给学生免费发放一些书目，引导他们阅读，组织他们讨论，比如有一年就给学生布置了葛瑞格·摩顿森的《三杯茶》(*Three Cups of Tea*)，《三杯茶》主要讲述的是：摩顿森在一次登山中遇到了危险，他精疲力竭，饥渴交加，又迷了路，在空荡的山区里无遮无蔽，幸得巴基斯坦的一个小村庄的村民所救。村民救了他之后，把他带到一个山洞里，请他喝了一杯味道几乎让摩顿森呕吐的白茶。敬上一杯茶，你是一个陌生人，再奉上第二杯茶，你是我们的朋友，第三杯茶，你是我们的家人。摩顿森发现，这个地方非常贫穷，有 1/3 的孩子活不过 1 岁，大多数孩子都上不起学，该村的 84 个孩子坐在室外，用小木棍在泥地里认字，穷到一天花 1 美元雇教师都做不到。看到孩子们渴望读书、渴望看到外面的世界，摩顿森的心被深深地触动了，他发誓，一定要为孩子们建一所学校。之后，摩顿森回到美国，遭遇了种种非人的艰辛，在悲伤、沮丧、孤独与濒临死亡的时刻，他也从没有忘记自己的承诺，在奔走了 12 年之后，他终于成立了一个非营利组织“中亚协会”，用募捐得来的钱为阿富汗和巴基斯坦建了78所学校。摩顿森还让从不能上学的女孩也接受了教育，让她们不再藏匿于面纱之后，有勇气面对世界，甚至有了改变世界的力量。通过阅读，学生会思考我能给他人带来什么，我能怎样影响世界，从而改变在路途中所遇见的人的命运。学校希望通过这种课外阅读开阔学生的视野，让他们知道大学不仅是派对，还要进行阅读和研究，学会怎样学习、讨论、思考、交往，形成阅读意识和社会责任感。

圣迭戈分校的教学组织灵活多样，比如波尔契亚（Porchia）的课，她在课堂上采取多种方式组织教学，经常把同学们分组，组内同学或者就某个问题互问互答，或者就某个问题进行辩论，或者各组讲万圣节的经历。在最近一堂课上，波尔契亚就让我们就以下几个问题进行了辩论：学校是否应该在自助餐厅、自动售货机和快餐店卖快餐食品？医生是否有权利拒绝病人抽烟的请求？被抓住作弊的学生是否应该在第二年重修所有的课程？当英语成为全球语言的时候，本民族语言的消失是否不可避免？同学们就这些问题展开了激烈的争论，这不仅有利于调动学生的学习兴趣，而且有利于学生记忆和理解教学内容，同时还可加强同学们的感情并增进了解。这一点对于国内教学很有启发，其实学生都有积极的参与愿望，也有很强的表现精神，如果教师能够采取合适的、有效的组织方式，就某些难点、热点问题引导学生组成小组调研、讨论、辩论或演讲，既可以改变满堂灌的课堂致使教师和学生都很疲惫的现状，也可以深化理解某些教学内容，同时锻炼学生的独立思考精神和能力。为了方便研讨，每个教室都不太大，座椅的安排常是围坐一圈，极有利于讨论，而且大多数教室都配备了电脑，学生可随时上网查阅自己需要的信息，每当学生问到老师不太确定的问题时，老师都在现场查阅，并和大家一起分享，教室之间有公共空间，常常有几张桌子和几把椅子，十分方便。

圣迭戈分校的教学内容非常具体，主要以培养学生的学术能力为中心，侧重于培养学生对老师所教授内容的概括能力、寻找所需资源的能力、比较所学知识异同的能力、批判思维和解决问题的能力，这在学校为学生开设的通识课中可以得到体现。该学校非常重视通识教育，认为跨学科学习是十分必要的，这不仅对所学的主学科有利，而且还能有助于人生的全面发展，比如厄尔·沃伦学院（Earl Warren College）要求学生必须选择两个与本专业不相关的学科作为主科，埃莉诺·罗斯福学院（Eleanor Roosevelt College）强调跨文化学习，包含西方和非西方的文化。以通识教育中的哲学课为例，老师让学生读柏拉图的《理想国》、马基雅维利的《君主论》和莫尔的《乌托邦》，老师要求学生概括著作的基本思想，比较基本著作中的国家观，回答君主应该在国家中扮演什么样的角色、君主应该采取什么样的方式治理国家。相信学生经过这样的读书过程，必然会形成独立性的思考和批判性的思维，而这又可以有效提高分析问题、解决问题的能力。这从一位计算机专业的同学的课程和所读书目中可体现出来，该同学平时学习任务比较重，课程安排也很紧张，但她依然选修了哲学课，学习了西方文明的基础、基督教的相关内容、文艺复兴和宗教改革的相关著作，阅读了柏拉图的《理想国》、弗洛伊德的《文明及其缺憾》、尼采的《反基督》、卡夫卡的《变形记》、艾略特的《荒原》等著作。老师让学生带着问题阅读，请他们回答幸福、平等、自由为什么会成为可能。该同学说，这些阅读和思考让她受益匪浅，到现在她仍非常喜欢哲学。同时她还选修了戏剧课，跟我们座谈时，她还在滔滔不绝地讲在戏剧课上的收获。给我们上课的温迪老师跟我们说，她丈夫是一位医生，但常去看话剧，因为看话剧是一种很好的休息，而且可帮他理解病人，认识人性，了解人的感受和感情等。

（李庆霞）

能等到超人吗？

初到美国，为了提高英语听说能力，偶然选了《等待超人》这部纪录片观看。这次观看使我对美国的高中教育有了些许了解，也改变了我对美国教育的很多既有看法。人们对美国教育的印象，常常由这样一些镜像组成：学生在课堂上无拘无束，每天有大量的时间玩耍，学习环境宽松自在，学生课桌的摆放十分随意，老师可以坐在桌子上讲课……对美国教育结果和质量的评价也多为溢美之词和艳羡之情，时常会听到诸如“美国高等教育全优化”的绝对论断。看了《等待超人》之后，我忽然发现，美国并非教育的“理想国”。

纪录片《等待超人》2010年先于《虎妈的战歌》问世，由曾以《难以忽视的真相》一片而获奥斯卡最佳纪录片导演奖的戴维斯·古根海姆执导，该片在美国教育界激起千层浪。《等待超人》将焦点放在了五个孩子身上，其中四个属于城市贫民家庭，另一个虽然住在郊区，但在选择优质学校时面临同样的问题。四个城市贫民家庭的孩子，三个就读于教学质量不佳的公立学校，另一个虽然在教会学校，但孩子的母亲看起来是在倾其所有地勉力维持。五个孩子都向往好学校，聪慧好学的小姑娘黛丝的那句“好学校不会让你学不好”，真应该成为所有教育工作者的座右铭。孩子们要实现他们进入好学校的梦想非常难——必须通过抽签或者电脑摇号来决定，概率又是如此之小。在抽签现场，只有白人女生艾米丽如愿以偿。安东尼、小黛西、小弗朗西斯科、小比安卡都失望而归，镜头中，家长落寞的表情、孩子无辜无助的眼神，让人久久难以平静。

概括来说，这部纪录片意在告诉人们：美国的公立学校已经成为很多家长的最后选择，有能力的家庭会首选私立学校，没能力的家庭挤破头都想将孩子送进特许学校。为什么大家都不愿意选公立学校呢？主要原因在于，在这些公立学校中，学生在科学、数学和阅读方面的成绩普遍落后。美国的公立学校为什么会这样？主要原因在于教师的素质差、责任心不强。老师在课堂上百无聊赖地阅读报纸，不停地看手表，总是奇怪为什么还不下课；有的老师甚至把学生的头按入马桶里；有的老师什么也不做，任由学生闲聊玩闹。低素质的教师和麻木不仁的学校官僚主义是使学生得不到良好教育的根本原因。古根海姆更将矛头直指教师工会，指责老师只顾保住饭碗，缺乏教学热忱，政府也没有监督机制来筛选淘汰不合格的老师。

如果再进一步追问，会发现美国公立学校的老师享受的是终身制，缺乏基本的竞争机制和准入制，也没有明确的退出机制。部分公立学校的门槛低到只需要两年教龄，不合格老师或者进入调职中心，无所事事地待个两三年后又复职，或者在各个公立学校流转，他们这种流转无穷的串岗被冠以“跳舞的柠檬”。影片中列举了几个数字以说明现行教育中存在的问题：政府养一个囚犯 4 年要比供一个孩子读完私立高中的费用还要多；纽约州每年要耗费 1 亿美元在那些待在调职中心打扑克、看报纸的老师身上；要提高美国学校的质量，先要提高教师的素质。要提高教师的素质，先要改变教师终身制。也就是说，糟糕的教师应该走人，换上能胜任的，形成良性的竞争环境和氛围。影片中提到一位人物，是 41 岁的米歇尔·芮。2007 年，华盛顿市的市长邀请米歇尔·芮任华盛顿哥伦比亚特区的教育总监。她先是拒绝了，后来在争取了很多权力后走马上任。米歇尔·芮大力改革特区的教育系统，其对所管辖的 100 多所公立学校实行了大刀阔斧的改革，最厉害的就是打破了根深蒂固的“大锅饭”和论资排辈，关闭了管理欠佳的学校，开除了数百名不称职的教师和学校管理人员，其中包括她女儿所在学校的校长，给杰出教师大涨工资。改革成效显而易见，原来在全美几乎倒数第一的华盛顿公立学校学生的成绩，获得相当大的改进。米歇尔·芮令教师工会恨得咬牙切齿。后来，米歇尔·芮辞职，支持她的市长也在连任竞选中失败。

比尔·盖茨也在影片中露面，其观点和上面两位惊人的相似。比尔·盖茨在影片中说："让经济发展好的，是受过良好教育的员工。"他在国会陈述道："我们不能靠改革来支撑经济，除非我们有受过良好教育的公民，精通数学、科技、工程，如果我们做不到，我们就无法在全球经济竞争中有优势。"2010年9月9日，美国《时代周刊》这一期封面文章标题为"把教改进行下去"。2011年，奥巴马提出了他的教育"双十计划"，即在未来10年要在科学、技术和数学领域内训练10万名新教师。文章认为，美国当前推行的教育改革还只是一个开端，若想让整体教育水平有质的提高，美国今后还有很长的路要走。

《虎妈的战歌》之所以在美国受到高度关注，原因在于很多美国孩子的家长认为蔡美儿的教育方式效果明显。作为美籍华人和耶鲁大学法学院教授，蔡美儿在《虎妈的战歌》一书中介绍了教育女儿的多种做法，她提到了对女儿的十项要求，比如，不准在同学家留宿，不准看电视或玩电脑游戏，每门功课至少得到A，还讲述了她不准女儿在练琴时喝水、上厕所等经历。"虎妈"严格要求女儿的结果是女儿的成功。就在蔡美儿这本书出版的同一时期，一项涵盖了65个国家、评估15岁左右学生能力的PISA竞赛结果出炉，上海的学龄儿童在阅读、科学和数学方面成绩名列前茅。这两个事件的出现在美国主流社会引起争议，《时代周刊》《华尔街日报》等多家媒体对蔡美儿进行了报道，大家在探讨中西方文化在教育上的差异、家长的教育与中美国家间的竞争、孩子的成长与国家的发展，等等。有美国读者评论说，蔡美儿的做法是虐待儿童，但也有不少美国家长表示，西方人应当借鉴这种严格的管教方式，并坦承自己也是“虎爸虎妈”。米歇尔·芮和“虎妈”有一点是共同的：给学生设立高标准。

面对家长望子成龙的渴盼，面对教育在国家发展中的重要地位，人们陷入了两难：一方面，人们对这种所谓中式的严苛教育方式表示难以想象，不能接受；另一方面，却又在思考中式教育是否比宽松的美式教育更为优秀。同时，在中国国内，当家长们面对孩子繁重的课业压力、就业压力，不断尝试更为自由、宽松、西式的教育方式时，又面临着如下的问题：我们的教育方式还要改进吗？对孩子的教育严苛好还是宽松好？这些问题在短时间内是无解的。在此需要我们深思的是：就在我们几乎一致认可美国的教育方式时，发现美国的教育事实上也存在问题；就在美国部分家长认同在某种程度上代表了部分中国家长的“虎妈”的教育方法时，我们也在反思孩子们需要什么样的教育。每个孩子和每个家庭是不同的，每个国家的历史和现实也是不同的，不同的教育体制和教育观念各有利弊，关键看哪个更适合，我认为还是因材施教更为可取。一方面，孩子的成长是家长和学校教育的结果；另一方面，家长和学校也应该尊重孩子对自己人生的选择。美国公立教育系统的改革等待超人，整个世界教育问题的解决需要超人，人们都在期盼着超人出现。那么我们能等到超人吗？也许，这个超人其实就是我们自己。

（李庆霞）

高等教育的国际化不等于西方化

当今世界是一个全球化的时代，世界各国的经济、政治、文化等领域都在经历着深度融合与渗透，世界仿佛愈来愈小，就如一个地球村一样。高等教育的发展也一样，也正经历着国际化、全球化的发展转型。目前，中国不少的大学，尤其是一些高水平大学纷纷提出并推进国际化发展，一些高校甚至提出了推进国际化发展的考评指标。在这种背景下，搞清楚究竟什么是国际化发展，又该如何来推进高等教育的国际化发展便至关重要。

在里丁大学访学期间，里丁大学国际教育与语言学院的副院长安迪·西摩（Andy Seymour）曾在一次报告中从语言学的角度对国际化和全球化做出过界定和理解。他指出，从语言学的意义上讲，所谓国际化（international），就是指“某事物（一个公司、一种语言或一个组织）不止涉及一个国家”，也就是说，只要是涉及两个以上的国家建立关系，都可以称为国际化，国际化并没有对超过两个以上参与国家的数量多少做出限定和要求。而所谓全球化（global），则是指“与全世界发生关联和联系”，也就是说，强调所建立的关系或分析问题的视角是全球性的，是立足于整个世界提出和分析问题。很显然，全球化比国际化视野更开阔，强调参与的国家数量更多。从这个意义上讲，国际化与全球化之间有着鲜明的区分，全球化是立足和建立在国际化的基础之上的，是国际化的进一步发展，没有国际化就难以谈得上全球化。个人以为，安迪·西摩的上述理解很有道理，也非常深刻。但实际上，国际化与全球化之间也难以截然区分，在特定的情况下是融为一体的。对于中国高等教育来讲，当前所面临问题的实质是全球化背景下的国际化发展，首要的就是面向全球开放办学，推进国际化发展。那么，什么是高等教育的国际化，如何来衡量和判断高等教育的国际化？难道招收留学生或者是邀请国外学者讲学等就意味着国际化吗？

以国际化的标准审视英国高等教育，可以看出英国高校普遍都在积极推进高等教育国际化，在国际化方面走在世界前列，但其国际化也存在一些问题。比如，近些年来，英国高校为了弥补政府拨款减少带来的影响，在增加学费的同时纷纷扩大招收国际学生，个别高校招收大量国际学生的着眼点甚至就在于可观的学费收入，这无疑会影响到国际学生培养的质量。

近些年来，我国高校也在纷纷推进国际化办学，高等教育在推进国际化的进程中取得了明显进展和显著成绩，但也有一些问题值得引起重视和予以正确对待。

一是双语教学的问题。推进国际化的高等教育发展，无疑不能单一语种教学，需要开展多语种教学。但高等教育国际化所需要的多语种教学，是基于培养国际学生的实际需要而提出来的，并非一个空洞的概念或一个好看的摆设，也并非为了多语种教学而多语种教学。在现实中，一些高校在极力推进中英文的双语教学，甚至开设了双语教学课程，但在具体的实施和运行中，双语教学状况并不理想，甚至徒有其名、名实不符。

二是成果的国际发表问题。高等教育国际化发展，无疑需要在国际范围内发表成果，使成果能获得国际同行的认可，这本是理所当然、无可厚非的。但在一些高校中，在国际发表成果演变成为一种成果级别认定的标准，把在国外发表，尤其是受到SCI、EI等国际检索工具检索的成果视为高水平成果，这在一定程度上是一种误会和误导。要知道，以外文发表的文章并非水平都高，和中文发表一样存在参差不齐的水平差异。况且，国外的一些检索工具仅仅是服务于检索而已，并非一种质量标准。比如SCI，被SCI收录的文章并非都是高水平的，其影响因子差异很大。如果忽视其相关影响因子，一味地把凡是被SCI收录的文章都视为高水平成果，无疑既不客观也不科学。正如有国人戏称，所谓SCI，实际上就是“愚蠢的中国观念”（stupid Chinese idea）。也正是受国人对外文发表过分推崇的影响，近年来才出现了一些人故意利用这种需要编辑出版质量低劣的论文集，通过整体被SCI检索的方式满足国人的需求，从中赚取暴利的乱象。

三是师资出国留学的问题。当前，国内不少高校都特别重视师资队伍的海外求学经历，既重视引进有海外求学经历的优秀人才，也重视把自己的师资派到海外留学访学，应该说这对于推动高等教育国际化发展无疑是有积极意义的。但凡事过犹不及，一些高校为了切实推动现有师资到海外留学访学，把到海外高校留学访学的经历纳入职称评定和晋升的必备条件之中，以此强力推进现有师资到海外留学访学，比如一些高校就规定凡是没有海外出国留学访学10个月或1年以上经历的不能评聘高级职称。这一做法可谓用心良苦，但科学与否则是一个问题。在笔者看来，到海外留学访学是一种求学的学术经历，对于促进教师的学术发展无疑大有好处，但到海外留学访学本身并不代表学术水平，更不能据此判断学术水平的高低。况且，各个学科还有一定的差异性，并非所有学科国外都代表着高水平和先进性，有些学科到国外留学访学可以接触学科前沿，有助于推动学术发展，但有些学科如中国文学、中国历史等学科，海外高校则并不一定代表高水平，硬性要求从事这些学科的教师出国，并以此作为职称晋升条件则未必妥当。从另一方面讲，出国留学的国家有发达国家和发展中国家、欠发达国家之分，并非所有的海外国家高等教育水平都比中国好，大可不必妄自菲薄，崇洋媚外。

推进高等教育国际化，不是一切向西方看齐，不是要以西方的标准作为判断标准，更不是要盲目推进西化。推进高等教育的国际化，在于要有国际视野、国际眼光和国际理念，并不意味着眼睛向西，缺乏中国自信；相反，国际化必须立足中国大地，植根中国土壤，坚守中国立场，形成中国气派。

（白显良）

给予孩子成长自由不能太任性

英国大学生在自主性、独立性方面与中国大学生差异较大，这可以从财务承担、入学报到、学习成长等多个方面体现出来。这里以财务负担、在校期间的学习成长为例来予以说明。但是，自主性、独立性是否越大越好？自主、独立是否就意味着可以放任不管？这些则是一个需要从另一方面予以认真审视的问题。

在英国接受高等教育，以前是不需要交学费的，全由政府承担，类似我国过去的公费教育。1997 年英国出台了《迪林报告》(The Dearing Report)，自此告别免费上大学的时代，转而实行高等教育成本分担制，政府削减教育开支，引入收费机制，且学费逐年上涨，已从改革之初 1 000 英镑 / 年涨到后来的 3 500 英镑 / 年，再到目前的 9 000 英镑 / 年，是世界上高校收费最贵的国家之一。学费还不包括住宿费和生活费，在英国，学生住宿是按周计算费用的，一般每周的费用在 100 英镑以上，一个月加上生活费也得五六百英镑，一年得要五六千英镑，一名大学生完成大学学业，其全部的支出不是一笔小数目。对于学费问题，英国本土大学生基本上是靠贷款缴纳，贷款利率是很低的，甚至是无息的，毕业后再偿还贷款，家长在一般情况下是不负担学费的。关于这一点，笔者从两个亲耳聆听到的材料可以佐证，一是里丁大学亨利商学院的教授在做报告的时候提到他的一个女儿大学毕业已经几年了，目前还在偿还学费贷款。课间，我们问他，为什么要他女儿自己还，他说"当然"（of course），并且强调这在英国是很常见的事情，他讲他也没有经费替他女儿偿还。另一个是在里丁大学校门外有一家炸鱼和薯条店的老板，老板是一个具有中国血统的越南移民，他家有两个小孩。他讲，在英国小孩子读书是不用管的，所有事情他们自己搞定，包括学费都是自己贷款自己还。在英国，孩子只要成年了，很多事情就不需要父母操心，他们自己办理，自己承担相关责任、义务和后果。在英国家庭，父母与孩子之间是平等的关系，尤其是成年孩子和父母之间是互相尊重的，包括在隐私问题上，父母不会过多插手成年子女的事情，相应地，成年子女也别对父母寄予太多希望，不要奢望父母为自己操很多心、做很多事，包括带小孩子这样的事情。

在学习成长方面，英国大学生进入大学以后，家长通常是不会过问孩子在学校的情况的，学校方面如果没有学生的授权许可，通常也是不可以直接联系家长的。英国大学生在学校里的一切活动或安排，都是他们自己做主，自己去完成和实现。而在学校里，英国高校没有辅导员制度，也没有类似中国高校的党支部，在学生工作方面，学校有学生事务服务中心，负责向学生提供心理咨询、就业指导等各种服务，院系设有高级导师和个人导师，通常一个院系只有一名高级导师，主要负责解答学生在学业方面的困惑，为其提供帮助，个人导师则提供多方面的服务。与中国高校辅导员工作不一样的是，中国高校辅导员的工作在一定意义上是自上而下的，辅导员会围绕大学生的成长发展需要设计和提供一系列指导和帮助，而英国个人导师的工作更多取决于学生的需求和申请，学生遇到问题和困难可以向导师寻求帮助，但是如果学生自己缺乏主动意识，不到导师那里寻求帮助，那导师的工作开展可能就是非常表面化和形式化的。英国高校的学生工作体制要求学生具有比较良好的自觉自主性，有对自己成长发展事务服务的能动性和积极性。据在英国高校工作的中国学者介绍，立足中英对比，他们发现中国学生相对而言更听话，但缺乏主动性和能动性，英国学生自主性、创造性比较强。在英国高校中，学校、家庭和学生之间，法律关系十分清晰。学生是独立的个体，18岁以上的学生要对自己的行为负责。学校主要承担教育责任，提供法律方面的咨询和服务，学校为学生的私密行为保密，但没有义务为学生自己的行为承担责任，更不会为学生的过错承担责任。要是学生犯了事，或触犯了校纪校规，或者出了什么意外情况，通常来讲是按相关法律法规办事，学生若发生违法犯罪或自杀行为，学校会通过警察部门和司法部门依法处理。通常来讲，家长也不会为袒护子女而置法律法规于不顾，到学校无理取闹或采取一些极端措施。

英国大学生的独立自主意识和能力是如何培养起来的呢？相比较而言，为什么中国大学生就相对缺乏自主意识和自主能力，在一定程度上存在依赖性、被动性呢？对于这一问题，笔者通过观察和一些访谈，发现英国学生的自主意识和自主能力也不是一天两天培养出来的，而是在从小的教育中一以贯之地接受教育熏陶而形成的。英国家长在培养孩子的教育方面十分鲜明地贯穿着自立自主的理念。这可以从多个生活小切面管窥这一点，在笔者从房东家去学校的路上要经过一所小学，每天上学的路上都可以看见一些英国家长送幼小的子女上学，其父母对孩子的关爱与不放心，和中国父母是一致的，学校方面出于小朋友的安全考虑，专门聘请了马路交通指挥的义工人员协助在上学、放学时段疏导交通，避免孩子们受到交通事故的伤害。这些方面折射出英国的父母们及学校对于小朋友的爱和中国父母是一样的，别无二致。但是，笔者通过观察发现，在近三个月的时间里，尽管几乎每一天都能见到家长送小朋友上学，但从未见一位家长为孩子背书包，或者背着孩子来上学，见到的都是家长护送着子女来上学，仅仅是陪伴、护送。对于我所见到的都是小孩子自己背书包上学这一现象，或许仅仅是一种偶然，或许我所看到的只是一些片面的情况，但无论如何这也能说明一些问题。相比较之下，在中国，到处可以见到小朋友在爸爸妈妈或爷爷奶奶的护送下上学，替孩子背书包的现象随处可见，据说甚至还有替孩子完成家庭作业的情况。表面上这是对孩子的关爱，但实质上这是对孩子成长机会的剥夺，孩子在享受轻松的同时也失去了学会自立的机会。

可怜天下父母心，我相信天下父母同心，无论民族、文化差异如何，父母对子女的爱是一致的，或许差异只在于如何来表达这种爱，及通过爱要传递给子女或要教会子女的内容是不一样的。英国家长对子女爱的方式有一些特别之处，这或许与他们的文化传统有关系。据一位同学讲，他的房东家有一个八岁的小男孩，有一天，小男孩学校里有比较特别的安排，需要父母第二天送其上学，这需要孩子前一天晚上跟父母预约，提前告知父母他的需要，以得到父母的理解和支持。结果，这个小男孩不知什么原因，前一天晚上没有和他的父母预约，第二天一早提出要父母开车送他去学校。其父母无论如何也不答应送他去学校，要求他自己想办法，他们的理由很简单，那就是没有提前告知，并和他们预约。据说，这个小男孩当时就急了，他没有别的办法尽快准时赶到学校，父母又不答应开车送他，于是在家里急得哭，跟父母解释闹腾，但其父母任由他怎么闹腾，也不答应开车送他去学校。在中国，我相信这种情况在绝大多数父母眼里应该根本就不是什么事儿，甚至一些父母可能还会觉得英国的父母怎么如此死脑筋，怎么如此不懂得变通和灵活。或许故事中的父母的确有些刻板，但我相信他们绝对不是做不到按孩子的要求开车送其上学，但他们不这样做，他们之所以如此坚持，或许在于其中涉及他们所坚持的教育理念。在他们看来，子女提前就一些事项和安排与他们预约，这是让孩子养成规则意识。他们或许想以这种方式告诉子女什么是规则，什么是自立。其实，了解这一真实故事在一定意义上也增进了我对于英国人“刻板保守”一面的认识，也进一步了解了他们强烈的规则意识背后的原因。在访学期间，我们经常会对英国高校院系里对教室等场地的管理感到有些不解，比如要使用教室，都必须提前预订，如果没有提前预订，哪怕是有教室空着也不能用。并且，预订了如何使用，明确了在哪个时间段，使用多长时间，如果要临时做出调整，通常是不被允许的，会非常麻烦，会被要求办理重新安排的一系列手续。在这些“刻板”面前，我们的确遇到相当多的不便，但另一方面也不得不感慨英国人的规则意识。或许我们的遭遇与英国小男孩的故事之间存在一定的因果关系，试想如果成长路上没有父母、学校、社会对规则的坚守，哪来强烈的规则意识？规则意识不可能突然之间生成，也不可能自发生成。

在一些英国家庭中，父母和子女之间不仅有规则，而且规则之中还渗透和表达着他们的一些观念。据几个住在有中学生的房东家的同学讲，有房东在孩子的卧室上贴着“自己打扫、整理卧室”，我想这既是对孩子隐私的保护，也是对孩子自立能力的锻炼，让孩子从小就在生活中学会自立；也有房东在厨房贴“自己做饭”，英国青少年日常生活中的不少事情都是需要自己来完成的。或许正是他们从小接受的教育中，父母就要求他们学会自立，并且给予其充分的自由空间，在一定意义上不会过多地干涉子女的成长，所以才有了他们上大学的时候，不仅自己去上学，还自己负担费用，自己贷款，毕业以后自己偿还。但问题也有另一面，一些英国家庭给予孩子自由成长的空间几乎有些放任，据说一些父母甚至连子女带异性朋友到家里来过夜也不闻不问，放任自流。

在中国的高校里，一些大学生缺乏生活自理能力，依赖性强；学习和成长缺乏主动意识，存在被动现象。中英对比之下，我们对英国学生的自主自立能力持欣赏态度，也希望中国的学生能在自主自立能力方面有所提升。但能否简单地把英国的一些做法搬回国内，英国父母对子女的教育是否就一定好？我个人觉得，对此还需要辩证地加以对待。在英国，家长鼓励孩子自立自主，也给了孩子走向自立自主的成长空间，给了他们自由选择成长道路和取向的机会，孩子们在成长路上也的确多了一些独立性、自主性和选择性。但我们同时也要认识到，在极度宽松的环境里成长，孩子可能朝着自立自主的方向发展，但同时也可能朝着别的方向发展，因为那也是他的选择自由。笔者在访学期间的跑步锻炼中，就从一些侧面感受到这种自由选择的问题，比如也有人选择堕落、选择放纵，在英国普遍禁止室内吸烟、不倡导吸烟的背景下，仍有一些青少年，包括一些青少年女孩煞有介事地吸烟。还有一些青少年酗酒，并且在酗酒之后还会爆粗口，等等，我想这些绝不是父母希望看到的。对于中国青少年的培养来讲，我们应该学习英国家庭、学校对青少年自主自立能力的培养，但我们没有必要学习他们对子女的过分放任；我们应该给青少年多一些自主性、选择性，但也不倡导青少年选择的自主随意性，甚至选择走上违法犯罪的道路或者选择堕落。我们不倡导“圈养”，但也要防止“放养”。总之一句话，给予子女成长自由不能太任性！

（白显良）

Poppy 为何这样红又美？

在英国，每年 11 月 11 日 11 时，人们都会佩戴 poppy，纪念那些在历史上为国捐躯的人，11 月 11 日也就是英国人的“国殇纪念日”。之所以把 11 月 11 日设为“国殇纪念日”，是因为在 1918 年 11 月 11 日，德国政府代表同协约国签署停战协定，第一次世界大战正式结束。第一次世界大战给世界特别是给欧洲带来了巨大的灾难，英国及英联邦国家共有 888 246 名将士在战争中牺牲。1919 年 11 月 11 日，为纪念第一次世界大战停战及一战中阵亡的将士，英王乔治五世将每年的 11 月 11 日这一天定为“国殇纪念日”。每年的这一天，英国全国上下，上至皇室和国家领导人，下至民间百姓都会举办隆重的纪念活动。皇室和国家领导人都会佩戴红色的poppy出席纪念活动，英国百姓也都会在此期间佩戴poppy，全民对阵亡和退伍的将士表达哀思。在11月11日开展纪念活动，在全球范围内还不仅仅是英国的传统和做法。在澳大利亚，11月11日这 一天，民众会自发集结在纪念碑前，缅怀一战和二战阵亡将士，澳大利亚政府也会为此发行专属纪念币。在加拿大，从11月初开始，市民就开始佩戴poppy，一直到11日11时默哀为止。在美国，这一天是“老兵纪念日”，国旗招展，退伍老兵纷纷集队游行。在国家公墓，人们还举行各种纪念活动。总统会向无名烈士献花，还会给伤残军人拥抱。

Poppy，翻译过来也叫罂粟花，据最直接的字面理解，罂粟花就是罂粟的花朵。但联系到人们用poppy表达哀思和纪念，我就觉得奇怪了，因为在我们中国人的观念里，罂粟可是生产鸦片的植物，想想历史上的鸦片战争，对罂粟就没有好感，就是现在，罂粟也是毒品生产材料，也是和毒品生产联系在一起的。用生产毒品的植物花朵来纪念战争和表达哀思，这无论如何也不符合常识和逻辑。实际上，这是一个翻译之后的字面误会。罂粟是一个科，科目下面有罂粟花，也有虞美人等。“国殇纪念日”所佩戴的小红花则是虞美人花，而罂粟的学名是papaver somniferum（俗名opium poppy），看来简单地把poppy翻译为罂粟花是不准确的，用于国殇纪念的其实应该叫虞美人花。那虞美人花又何以成为纪念的象征呢？从视觉美学的角度讲，虞美人花朵红得特别纯粹，其花蕊和花瓣的造型很特别，花蕊特别像一颗子弹打进了身体，而红色花瓣就像是渗出来的鲜血，可能正是这样的视觉美学效果，它才特别能激发起人们对战争场景的想象，当然，这仅仅是它被当作战争纪念象征物的原因之一。从历史文化意义上讲，还在于1915年，加拿大一名军医约翰·麦基（John Mackey）中校在战地救护所救治伤员，并负责掩埋阵亡将士遗体，他目睹了战场的惨状及红透半边天的poppy。他在掩埋了好友之后，抑制不住悲伤和激动，在一张碎纸片上写下了《在佛兰德斯原野上》（*In Flanders Fields*）十几行诗，其中有“In Flanders Fields the poppies blow”（佛兰德斯的原野上，虞美人花摇曳）的诗句。

2014年是第一次世界大战爆发100周年，因此“国殇纪念日”在英国特别受重视，10月去伦敦大英博物馆参观，其中一个展厅中布置了一个特别小的展台，展出与第一次世界大战相关的一些历史文物，如当年的停战协定等，以此引起人们对战争的纪念和对和平的祈望。在英国的电视节目中，早在10月中旬以后就有关于“国殇纪念日”的一些报道和电视节目。在伦敦重要的地标之一——伦敦塔，为纪念第一次世界大战爆发100周年，英国方面在伦敦塔护城河畔设计布置了陶瓷poppy展。这些poppy是由艺术家保罗·康明斯（Paul Cummins）设计的，至10月末即已完成全部布展工作。实地到伦敦塔去参观考察，整条护城河种植了888 246支陶瓷poppy，非常壮观，每一朵poppy都代表着一位在一战中来自英国及英联邦国家在战争中丧生的士兵。整个布展壮观而简单，没有任何多余的装饰，也没有任何文字解说，纯粹的视觉布景。888 246 支陶瓷 poppy 让一条河看起来像是一条被鲜血染红的河流，置身其中参观考察，仿佛置身血的海洋，视觉冲击巨大。到此考察的任何一个人，无不为这一壮丽场景所震撼，不少人到此之后慢慢行走，细细观瞻这一恢弘布展，用心体会其深刻的思想寓意，无不表情凝重，几乎见不着有人在此大声喧哗、追逐打闹。看到更多的是各种肤色的人来此观瞻，久久不愿离去，一些人甚至还在附近台阶坐下，陷入沉思之中。据称，这些陶瓷花布展结束以后，英国皇家军团将以每朵 25 英镑的价格出售这些手工制作的陶瓷 poppy，而这笔数百万英镑的收益将捐给 6 家慈善机构。除此以外，英国皇家军团目前正在将陶瓷 poppy 种子免费赠予全国每一所学校，以此来提醒人们一战爆发 100 周年。

伦敦塔桥的壮丽恢弘布景对我也深有触动，加之想加深对“国殇纪念日”的了解，我回来后还特就普通大众对 poppy 的一些态度、做法进行了较为仔细的观察。发现在 10 月中旬以后，就可以在一些纪念碑前看到人们摆放了不少 poppy，也可以见着一些人开始在胸前佩戴 poppy。愈是临近“国殇纪念日”，佩戴 poppy 的人愈多：打开电视，可以看到电视台的节目主持人佩戴着手工 poppy；走进超市、酒吧，可以见着超市、酒吧的服务生也佩戴着手工 poppy，商场、超市、大街上也随处可见手工 poppy 的公开出售；行走在大学校园里，不少老师、学生也都佩戴着手工 poppy；在马路上，一些私家车车主也在车头别着poppy。总而言之，会发现，佩戴poppy是英国人在11月“国殇纪念日”前后十分自觉的一个行为，不少人都自觉自愿地佩戴。

既然佩戴poppy是为了表达对先烈的纪念和哀思，那佩戴poppy的行为无疑就是一种革命历史文化教育。国内也有与之类似的教育，比如设立抗战纪念日、组织为烈士纪念碑扫墓，等等。从一定意义上讲，通过一定的形式开展革命历史文化教育，这在中西方是没有区别的，都需要以这样的教育传承一个国家特定的历史文化传统。不存在谁需要、谁不需要的问题。差异和区别在于如何开展这样的教育，以什么样的形式开展教育，教育能取得什么样的效果。这也是问题的关键，一种教育如果形式为大众喜闻乐见，所传递的教育信息为大众普遍认可，那这样的教育效果必然好，必然能获得受教育者的真心推崇和自觉加入。反思“国殇纪念日”前后人们佩戴poppy的一些情况，我个人以为，佩戴poppy的教育形式之所以为大众普遍接受，个中自有缘由，其中也蕴含着革命历史文化教育被普遍接受的基本要件。在我看来，一种革命历史文化教育要能走进人们的心灵，为大众普遍接受，在形式上需要具备这样几个条件：一是简单，二是美感，三是深刻。所谓简单，就意味着人们参与这样的教育形式十分容易，简便易行。如果参与和接受一种教育，其形式要求十分烦琐、复杂，人们或许就会因为其烦琐、复杂的形式要求敬而远之，逃避参与和接受这样的教育。人们之所以愿意佩戴poppy参与到纪念活动中来，通过这些活动表达自己对死难先烈的纪念、对战争的声讨、对和平的热爱，其中原因之一就在于参与这样的活动十分简单。无须做别的复杂烦琐的事情，仅需在胸前佩戴一朵poppy，而poppy本身又是随处都可以买到的。所谓美感，就是一种教育形式应该具有美感，能满足人们的审美需求或符合大众偏好，能够在教育开展中实现把“审美”和“教育”有机结合起来，寓教于美。在“国殇纪念日”前后人们之所以自愿佩戴poppy，其中一个重要原因就在于poppy本身具有审美的功能，一朵色彩鲜艳、简洁大方、大小适中的poppy佩戴于胸前，本身就是一个很好的装饰，具有特别的审美效果。所谓深刻，就是强调一种教育形式，要能深入人心，要能为大众普遍接受，除了要具备形式上的美感、实践开展简单，还应蕴含深刻的思想内涵。唯有深刻的东西，才能持久，也才能永恒，才能受到人们发自内心的认同和欢迎。一种教育形式，如果不具有思想内涵，或者思想内涵不足，不管它有多么光鲜的形式，也不管它怎样具有新意，恐怕也难以获得人们的长期认可，只能在一时的轰轰烈烈、热热闹闹之后逐渐消失。“国殇纪念日”设立近100年来，之所以能为人们普遍认可，之所以能走进一代又一代人的心灵深处，就在于战争与和平是人类永恒的主题，对战争的声讨、对和平的祈望是人类自古以来不变的主旋律。佩戴一朵poppy，所表达的是对历史的深切反思，是对先烈的纪念，是对战争的深恶痛绝，是对和平的美好憧憬，简单的形式背后传递着深刻的思想主题。

（白显良）

独一无二的伦敦大学

周日，慕名赶往大英博物馆及大英图书馆，以路人身份徒步经过声誉卓著且体制独特的伦敦大学的若干校门校舍，想起来这所大学引人关注的特质，因此做了点案头工作，在此略记一二。

伦敦大学的体系几乎是独一无二的，可是要理解起来也并不困难，尽可以参照整个大不列颠及北爱尔兰联合王国的君主立宪样式的制度框架，简要代换，粗略了解伦敦大学。

“伦敦大学不同于其他的许多大学，它由 18 个自治学院和 10 个小而精的研究机构组成。在很多方面，这些学院被视作与大学一样拥有自身权力；它们自主设置专业与课程准入标准，自主为学生提供服务。其中有些学院还拥有自己的学位授予权。所有这些学院和研究机构的学生也均为伦敦大学的学生，都是总数超过 120 000 人的庞大共同体的一个构成部分，共同获得在伦敦的众多服务。”（译自伦敦大学官方网站）伦敦大学的每一个自治学院都赫赫有名，例如伦敦大学学院（University College London, UCL）、伦敦政治经济学院（London School of Economics and Political Science, LSE)、伦敦国王学院（King's College London)、亚非学院（School of Oriental and African Studies）、伦敦商学院（London Business School）、皇家霍洛威学院（Royal Holloway, University of London）、玛丽女王学院（Queen Mary University London）、金匠学院（Goldsmiths' College）和伯克贝克学院（Birkbeck College）。其中的伦敦政治经济学院、伦敦大学学院、伦敦国王学院和伦敦教育学院虽然仍然保留在伦敦大学联盟之内，但自 2007—2008 学年起先后开始独立颁发文凭。

伦敦大学的治理结构，类似英国国家层面的君主立宪体系。它的校长（The Chancellor）主要承担礼仪（ceremonial）意义上的功能，现任校长是安妮公主。实际掌管大学的是副校长（The Vice-Chancellor），副校长对校董会负责，组织与实施大学事务，但对各下属学院并没有实际管辖权。实际上，我们在里丁大学接触到的华裔教师或中国留学生，大多建议我们将 Chancellor 翻译为荣誉校长，将 Vice-Chancellor 翻译为校长。这种校长—副校长的结构体系，为英国高校所通用，而伦敦大学的独特性在于在这种结构下面的院校联邦体系。

“伦敦大学实际上是一所大学联邦，也是英国历史最悠久、规模最大、最多样化的大学之一。伦敦大学的教学由组成大学的 18 个学院和若干研究机构来实施。当你来到伦敦大学学习，你既属于某个特定的学院，也属于伦敦大学本身，这使得每个学生都能够最大范围地享有设施与服务。”（译自伦敦大学官方网站）伦敦大学宏观层面的治理机构，主要是校董会（Board of Trustees）和校务会（Collegiate Council，有人译成学术会，恐不太确切，下称校务会）。校务会向校董会提出关于大学战略目标的建议，负责确保学术事务的恰当运行。校务会由副校长主持，成员包括 18 个学院及若干高研院（The School of Advanced Study）的负责人。

以上只是最粗略意义上的介绍，真正的了解，需要深入的文献整理与理论分析，这应该是高等教育领域研究专家的专长，实际上，这方面的研究成果已不少见。

我又记起曾经到访过的剑桥大学，听取或查阅到传奇的剑桥与同样传奇的牛津及美国的哈佛大学之间的传奇关联。话说 1209 年，牛津大学与当地居民发生冲突，若干师生因此出走牛津来到剑桥，创办了剑桥大学。因此，在英国高等教育史上，就有了绵延近千年的双峰并峙、两雄对垒。大约四个世纪后的 1636 年，若干闯荡新世界的剑桥毕业生在美国马萨诸塞州的查尔斯河畔，仿照剑桥大学的模式，创建了全美第一所高等教育机构，两年后此校因为另一位剑桥毕业生、与莎士比亚同乡的约翰·哈佛（John

Harvard）的慷慨捐助，更名为哈佛大学，其所在地亦被命名为剑桥。剑桥人前承牛津、后启哈佛，三校一起造就英语世界的现代大学传奇。甲午冬日，在剑河（River Cam）之畔的剑桥，通过该校杰出华裔学者袁博平教授深入、翔实且生动的介绍，通过牛顿、培根、拜伦、达尔文、凯恩斯、霍金、华罗庚、萧乾等传奇校友的传奇故事，通过伦敦国王学院、圣约翰学院、三一学院等悠久学府的历史述说，通过青年徐志摩与耄耋金庸的浪漫人文，通过苹果树、叹息桥与康河柔波的安静呈现，知晓剑桥大学的若干特质：夹杂公立与私营，传承传统与现代，关照民族与世界，链接邦联与自治，融通科技与人文。此五者涉及剑桥大学的产权结构、大学精神、立校理念、治理模式、学科体系等诸多方面，非长文难以廓清。

但毫无疑问，我们要关注这种自由度极大的联邦式大学治理模式的效度，这一定又是见仁见智的话题。我以为，至少依照西方或英国的标准，它是成功的。中国内地的高校在总体上施行的“校—院”垂直样式的“单一制”治理体系，并不能简单照搬伦敦大学、剑桥大学的模式。可是，谁又能否定伦敦大学这一历史悠久的治理模式对中国所具有的参考价值？前不久，我听取上海交通大学张杰校长所做的题为《大学治理——以人为本的制度激励》的报告。他提到，上海交通大学启动的治理结构改革，以学院为实体，拟从目前的“校办院”转变为“院办校”。这一思路，对照英国的伦敦大学以及牛津大学、剑桥大学的治理模式，很是给人留下关于中国高校未来改革的想象空间。

顺便要说的是，去岁在英时公布的泰晤士高等教育 2014—2015 年大学排名（The Times Higher Education World University Rankings 2014—2015）中，伦敦大学并不单独呈现，可是我在前 200 名中粗略找了一下，伦敦大学体系中的伦敦大学学院排名第 22，伦敦政治经济学院排名第 34，伦敦国王学院排名第 40，玛丽女王学院排名第 107，皇家霍洛威学院排名第 118，圣乔治学院排名第 196。2007 年从伦敦大学脱离而彻底独立的伦敦帝国学院（Imperial College London）一般称为帝国理工学院，在该项排名中高居第 9 名，与居第 6 名的麻省理工学院共享美誉。以上数据，超过中国上榜高校的半壁河山，即便国内最优秀的北京大学和清华大学，也不过分别占据排名榜的第 48 和第 49 而已，由此可见伦敦大学实力的骇人程度。

伦敦大学拥有众多的中国或者华裔校友。我们熟知的费孝通、徐志摩、龙永图、高琨等，皆出自该大学体系。费孝通是具有世界影响力的社会学家，中国社会学和人类学的奠基人，他本科和研究生分别就读于燕京大学和清华大学，1936 年底赴英国伦敦政治经济学院学习社会人类学，师从著名的人类学家马林诺夫斯基。费孝通在 1938 年获得伦敦大学博士学位，其博士论文《江村经济》(《中国农民的生活》) 成为欧洲一些学院人类学学生的必读参考书，费孝通也因此在 1981 年获得英国皇家人类学会授予的人类学界的最高奖——赫胥黎奖。至于徐志摩，最为人熟知的便是他的《再别康桥》，康桥即剑桥，可是很多人不知道，徐志摩在进入剑桥大学之前，曾短期就读于伦敦政治经济学院，并因此结识大文豪泰戈尔。

如果就这么列举下来，一定会很费时间。可是，为什么我们不能放下眼前欲望与凡念，花点时间去穿越历史？这是一所现实的大学，可是穿越大学的历史，总会发现令你动心的一个人、一件事、一首诗。这种相遇，如果是发生在异国他乡，会更加令人感慨。100多年以来，在西国大学往来不绝的中国留学生，正在见证我们的国家正视自身贫弱、持之以恒地奋起追赶之坚定步伐。

（王智）

方兴未艾的英国高校中国学研究机构

汉学（Sinology）与中国学（China Studies）内涵指向虽不尽相同，但总体上都是指中国以外的学者对中国各方面进行研究的一门学科。很多时候，为了行事方便，这两个概念往往会被通用，近年来，中国学相对来说更多被使用。

英国的汉学或中国学研究由来已久，也不失为一方重镇，例如牛津大学的中国中心、伦敦大学亚非学院等研究机构，《中国季刊》（*The China Quarterly*）等学术期刊，庄士敦、迪克·威尔逊等汉学家，李约瑟主编的《中国科学技术史》等皇皇巨著，都在国际汉学界具有毋庸置疑的影响力。可是，正如2010年伦敦国王学院院长特雷纳（Trainor）在该校中国研究机构启动仪式上所表示的，“英国的大学在对中国的研究上存在显著差距”。如果与美国、日本、澳大利亚等国为数众多的研究机构、学者、成果相比的话，这一定不是他的自谦之词。中国社会科学院国外中国学中心的“国外中国学研究机构数据库”中，英国高校的中国研究机构竟被基本忽略，这大概是数据库主编的一种疏漏，恐怕也是以往英国在中国学研究方面滞后的一种体现。国际汉学顶级期刊发表的论文，英国学者一度只占很小的比例。这些都是与英国汉学研究悠久的历史不相匹配的。如今，中国的经济与社会发展突飞猛进，国际影响力与日俱增，水平卓著的英国高校没有理由再对中国研究漠然不顾。英国学者在国际汉学界的影响力，一度与英国的汉学研究悠久的历史不相匹配等状况正在改变。

2014年9月12日，英国《经济学人》网站刊发一篇题为“Studying China：Re-orientation：Britain's Universities are Finally Growing Interested in Modern China”的报道，中国的参考消息网及新华网以《英国高校中国研究升温　更多学生学习中文》为题予以译介。这则报道关注牛津大学耗资2 100万英镑新建的中国研究中心对外开放，聚焦近几年在英国方兴未艾的中国研究热、学中文热，以及雨后春笋般创建或重组的中国学研究机构。

当前，牛津大学、剑桥大学、伦敦大学、伯明翰大学、爱丁堡大学、诺丁汉大学、谢菲尔德大学、曼彻斯特大学等众多英国顶级名校，越来越重视对现当代中国的研究。以往曾有若干文献对英国高校的中国研究机构进行过介绍，但由于近几年变动巨大，因此有必要再做整理。这是一项较为烦琐的工作，笔者并不试图长篇大论、系统爬梳，仅根据网络资源，进行如下概要罗列：

一、牛津大学的中国研究中心（University of Oxford China Centre）

牛津大学与中国发生关联始于17世纪，可谓源远流长。1604年，博德利图书馆收到第一本中文手稿；1684年，大学迎来第一位中国访问者；1875年，设立第一个中文教授职位；1939年，开始中文学士培养。20世纪末以来，牛津大学开始重视组建中国研究机构。1994年，牛津大学创立中国研究所；2007年，中国研究所在香港设立牛津中国办事处；2008年，牛津大学中国研究中心开始启动，这是在北美之外最大的同类机构（首屈一指的当然是哈佛大学的费正清中国研究中心）；2012年10月，由香港企业家潘迪生捐助的、位于牛津大学圣休学院的中国研究中心新楼开始兴建；2014年9月8日，耗资2 100万英镑的潘迪生中国研究中心大楼投入使用，博德利图书馆历史久远的中文书有了一个新家，此处成为“西方世界研究中国的最令人兴奋的场所”。

牛津大学的中国研究中心拥有超过70名专注于中国研究领域的跨学科学者，中心的作用是将这些校内不同院系的学者紧密联系起来，同时与中国以及全世界其他机构的众多中国研究领域的学者建立广泛深入的学术联系。因此，牛津大学的中国研究中心并不是单一静态的固定机构，其运行管理与大学本身松散联邦式的治理模式相匹配。

牛津大学校内与中国研究中心具有事务关联的机构还包括圣安东尼学院的东亚研究中心（Asian Studies Centre, St Antony's College）、中国卡杜里生物数据库（China Kadoorie Biobank）、纳菲尔德中国医学系（Nuffield Department of Medicine in China）、中文教学中心（Centre for Teaching Chinese as a Foreign Language）、英国跨校中国研究中心（British Inter-University China Centre）等。

二、剑桥大学亚洲与中东学院（Faculty of Asian and Middle Eastern Studies）

剑桥大学是一个由不同机构、院系构成的“邦联”（a confederation of Schools, Faculties, Departments and Colleges），包含31个自治学院、6个系以及众多的部门。亚洲与中东学院在其中具有重要的地位和影响力。

剑桥大学在中东与亚洲研究方面历史悠久、特色鲜明。其中，亚洲与中东学院设有中国学系（China Studies Research Group）。该系的汉学研究覆盖现代中国和前现代中国的各个时期，更多聚焦于中国历史、宗教与思想、语言与文学、文化与社会等人文领域。其主要的研究方向包括汉语言研究、中国近现代历史（侧重于19—20世纪）、中国古代史（侧重于中国王朝早期和中世纪时期以及敦煌学）、当代中国社会的人类学研究（侧重于宗教和礼制)、近现代中国文学等。

剑桥大学还有一个国际知名的李约瑟研究所(Needham Research Institute),李约瑟是这个机构的创建人。在国际汉学界,学术影响以及在中国家喻户晓的程度能够超过李约瑟的,恐怕寥寥无几。这位英国近代生物化学家和科学技术史专家,耗费毕生精力主编《中国科学技术史》这套7大卷34分册的开创性系列巨著,以浩繁史据证明“中国文明在科学技术史上曾起过从来没有被认识到的巨大作用”,“在现代科学技术登场前十多个世纪,中国在科技和知识方面的积累远胜于西方”。李约瑟据此提出一个发人深省并饱受争议的“李约瑟难题”(Needham's Grand Question, 或称 The Needham Question)——尽管早期如此成功,为什么中国近代以后在科学与技术方面会被西方超越?为什么近代科学与技术的革命性成就,只发生在伽利略时代的西方,而没有产生于中国抑或是印度及伊斯兰文明区域?这个问题困扰着李约瑟,也困扰着中国乃至世界。马克斯·韦伯曾经试图从思想与文化角度做出回答。可是至今,这个问题以及与之相关联的系列问题既在学理上众说纷纭,也在实践层面影响到政策制定。

三、伦敦大学亚非学院的中国研究院(SOAS China Institute, SCI)

伦敦大学的亚非学院是欧洲唯一的专注于亚洲、非洲、近东和中东研究的高等教育机构。该学院的前身是成立于1916年的东方学院,1938年改为现在的名称。亚非学院一直以来都保持英国主要的国家级研究中心的地位,在整个欧洲是在亚非、中东研究领域拥有研究人员最多的中心。

亚非学院的中国研究院，同样是欧洲范围内中国研究学者人数最多的大本营，集聚有50多位学者，他们来自亚非学院的不同系部，在中国学方面进行跨学科的创造性研究与教学。该机构在关于中国从古至今的人文与社会科学等领域已显示出实力与水平，其目标是成为世界领先的中国学研究机构，尤其是聚焦于中国与亚洲、非洲和中东等国家地区的政治、经济、社会和文化关联等领域的卓越研究。

介绍伦敦大学的中国学研究机构，不能不提到具有巨大国际声望的《中国季刊》。《中国季刊》创办于1960年，罗德里克·麦克法夸尔（Roderick MacFarquhar，中文名为马若德，著名历史及政治学者、中国问题专家、前英国政治人物，现任哈佛大学政府系教授）担任第一任主编，现由亚非学院主办，剑桥大学出版社出版。该杂志内容主要指向近现代中国，涵盖经济、历史、外交、法律、政治、社会、地理、文学、艺术等各个方面，是一份学科交叉性质的学术杂志。

从20世纪60年代初开始，关于“毛主义”的论争即是从《中国季刊》而铺展开来的，论战双方魏特夫（Wittfogel）、史华慈（Schwarts）等人，撰写并在《中国季刊》发表包括《“毛主义”的传说》（The Legend of “Maoism”）、《“‘毛主义’传说”的传说》（The Legend of the “Legend of ‘Maoism’”）、《“毛主义”——“传说”还是“传说的‘传说’”》（“Maoism”—“Legend” or “Legend of a Legend”）等多篇题目如绕口令一般的文章，都试图去解释清楚谜一样的中国问题，但似乎谁也无法说服对方。这场论战对世界范围内的中国学（汉学）研究产生了重要影响，也一举确立了《中国季刊》在国际学术界的地位。时至今日，《中国季刊》在其涉及的研究领域所具备的研究水平及影响力，几乎没有另一种刊物能与之匹敌。

《国外理论动态》于 2011 年第 7 期发表了麦克法夸尔撰著、路克利翻译的《〈中国季刊〉与中华人民共和国的历史》。通过此文，可以窥斑见豹，大略了解一份英国杂志如何与中国近现代史、中华人民共和国史、中共党史产生如此紧密的关联，进而关注西方学者如何看待及研究中国。推而广之，我们可以将目光从严肃小众的学术刊物，投放到《泰晤士报》、英国广播公司、路透社等媒体，探究这些具有巨量影响的大众传媒如何报道评述中国、如何建构中国国家形象。或许，我们还可以再做一些横向比较，将中国学者如何研究英国、中国媒体如何报道英国与英国学者如何研究中国、英国媒体如何报道中国进行对比，追问背后的历史、文化、意识形态等影响变量。这一定很有意义，也很有意思。

四、伦敦政治经济学院的亚洲研究中心（Asia Research Centre，ARC）

在伦敦大学的联盟体系中，伦敦政治经济学院的盛名如雷贯耳。实际上，从 2007—2008 学年，该院和伦敦大学学院、伦敦国王学院和伦敦教育学院这四大学院尽管仍然保留在伦敦大学联盟之内，但先后开始独立颁发文凭。

伦敦政治经济学院在建院伊始，就与亚洲进行活跃的联系，学院的两位创建人贝特丽丝（Beatrice）和西德尼·维布（Sidney Webb）在1898年进行全球旅行，1911—1912年再次游历亚洲，到访日本、朝鲜、中国、马来西亚、缅甸和印度。在过去的一个世纪中，伦敦政治经济学院和亚洲建立了大量的学术联系。伦敦政治经济学院的亚洲研究中心创建于1997年，旨在专门对亚洲，尤其是中国和印度进行研究，其研究活动、主题及方法体现了伦敦政治经济学院的社会科学导向。

伦敦政治经济学院很早即确立多元化、国际化的风格，是大量中国学子负笈英伦的重要目标之一。根据伦敦政治经济学院官方网站提供的统计信息，从其建立开始，该校已经拥有超过4 000名中国校友。在近现代中国历史长河中，费孝通、金岳霖、罗隆基、徐志摩、王造时、张君劢、张奚若、萧乾等都是其中的佼佼者。当前，伦敦政治经济学院在读的中国学生达到1 000多人。

伦敦政治经济学院的中国研究由来已久，较早的机构是在该院的三得利和丰田经济与相关学科国际中心（The Suntory and Toyota International Centres for Economics and Related Disciplines，STICERD）设立了“中国经济与社会研究计划”（Research Programme on Chinese Economy and Society），1997年移到亚洲研究中心。许多中国的政府人员通过该计划来到伦敦政治经济学院学习进修；同时，伦敦政治经济学院也与北京大学、清华大学、复旦大学等中国多所著名高校建立了深度的合作关系，涉及人才培养、科学研究和文化交往等各个方面。

伦敦政治经济学院的一批学者在中国研究领域取得了显著成果，以王斯福（Stephan Feuchtwang）教授为重要代表，亚洲研究中心和人类学系的汉学专家开创了“中国比较研究”的视角，并因此成立了“中国比较研究网络”（China in Comparative Perspective Network，CCPN）。在此基础上，2013年全球中国比较研究会（CCPN Global）得以创立，这是一个推动中国与世界做比较研究的全球性学术社团。正如该学会官方网站所概括的，全球中国比较研究会出色的成就体现在以下五大方面：第一，“创立全球独特的促进中国和华人与世界和他人做比较研究的学术社团”；第二，“创设英语世界中仅有的专注于社会科学研究中国的英汉双语网站”；第三，“创办世界上唯一的用社会科学和比较视野研究中国的匿名评审的双语季刊”，即《中国比较研究》（*The Journal of China in Comparative Perspective*），编辑来自伦敦政治经济学院、伦敦大学亚非学院、中国中山大学、中国北京大学、日本神户大学等；第四，“创建全球首个把中国和世界放在全球语境下相互审视的双语出版社”，即全球中国出版社（Global China Press Ltd.）；第五，“创建中国与华人视野的知识全球化理念和方法，参与形塑全球社会的民间智库”，即全球中华视野 。

五、伦敦国王学院的刘氏中国研究院（Lau China Institute）

伦敦国王学院是伦敦大学联盟的重要成员，卓著声誉直追牛津大学和剑桥大学。该校与中国的正式与非正式联系由来已久，早在19世纪40年代即首度设立中国教席。近年来，伦敦国王学院学者及有关系部与中国内地、中国香港、中国台湾及新加坡等地的学术组织建立了广泛的联系；2008 年，国王中国研究院（King's China Institute）成立，为进一步拓展这些学术关系，进行关于当代中国文化、社会、商业、政治等方面的前沿研究及创新人才培养搭建了平台；2010 年 10 月，国王中国研究院正式高调启动，中国驻英国大使刘晓明、伦敦国王学院院长特雷纳等共同为孔子铜像揭幕；2012 年 2 月，伦敦国王学院校友、香港地产公司华人置业集团副主席刘鸣炜捐款 600 万英镑，用于资助国王中国研究院，该机构因此更名为“刘氏中国研究院”。现任代理主任为裴睿夫博士（Dr. Ralph Parfect）。

六、伯明翰大学的中国学院（China Institute）

伯明翰大学地处英国第二大城市、最大的工业中心伯明翰，始建于 1825 年，1900 年获得皇家特许成为大学，是英国著名的 6 所“红砖大学”之一和名校联盟“罗素大学集团”的创始成员，也是英国顶尖学府和世界名校。伯明翰大学与中国合作的历史几乎可以追溯到该校建校伊始，中国学院是顺应该校从事中国研究的学者广泛的学术活动的需要而创立的。

伯明翰大学几乎从建校之时就开始为中国学生提供教育，至今已经超过百年。最早有记录的是 1907 年来自上海的 Chen Han 在伯明翰大学获取采矿专业学士学位。到 1920 年，每年有 10 多位中国学生就读于伯明翰大学，这在现在是个很小的数字，可在当时却非常显眼。近年来，伯明翰大学与中国的联系获得长足的发展，每年就读的中国学生超过 900 人，每个学院都有一定数量的教职工与中国同行开展合作，学校与中国院校建立了广泛的联系。

伯明翰大学将中国视作四个战略市场之一，试图在人才培养、科学研究等领域开展更为广泛的合作。因此，该校在 2011 年 7 月 1 日与中国广州市政府联合在广州建立伯明翰大学中国研究所，合作研究方向包括能源、高级制造、生物科技、计算机科学、城市化等方面。2012 年 12 月 13 日，伯明翰大学的中国学院成立。中国研究所的主要工作包括每年举办一系列讲座，增进对中国的了解，以及邀请中方学者进行访问研究，鼓励学生围绕中国进行跨学科研究等。伯明翰大学副校长戴维·韦斯特伍德（David Westwood）说："中国研究所的建立是我校与中国源远流长关系史上的一块里程碑。"伯明翰大学社会科学部主管爱德华·佩克教授被任命为中国研究所所长。

此外，还有诸如诺丁汉大学的当代中国学学院、曼彻斯特大学的中国研究中心、谢菲尔德大学的东亚学院、爱丁堡大学的亚洲研究学院（School of Asian Studies）、苏格兰多所大学联办的苏格兰中国研究中心（The Scottish Centre for China Research）以及全英中国学研究所（The National Institute of Chinese Studies，NICS），也在不同领域成为中国研究的重要机构。我所访学的里丁大学尽管没有关于中国的专门研究机构，但在很多方面与中国有合作。在该校的国际学生中，来自中国的学生占到相当高的比例。

英国高校的中国学研究机构大体上有三种类别。一是教研一体，例如亚非学院；二是作为一种协调机构，相关老师及学生是分散在不同院系的；三是跨校的协同机构。同时也要看到，对于大多数新建了中国学研究机构的英国高校来说，与其说是为了去深入细致、客观地研究中国，毋宁说是为了拓展中国庞大的教育市场而搭建平台、制造概念。

中国每所高校都有英语教学机构，很多高校设有英语专业，这些教师都或多或少从事一些有关英语国家的研究，同样来说，英国的大多数高校拥有中文教学人员，很多还拥有中文系及孔子学院，因此，英国高校中从事中国研究的学者远不止本文所提到的这些中国学或汉学研究机构中的人员。本文只是根据最新的网络信息进行的择要介绍，并无主观精力及客观条件来对全英的中国学研究机构进行全面概括。需要指出的是，目前中国境内所能找到的一些对英国的汉学机构的介绍材料，大多数已经数据陈旧，有些还有错讹。本文尽管在内容上不算全面，却是我利用在英访学的闲暇，根据文中所提各机构官方网站的最新信息，做的忠实的翻译工作，当然也结合自身的一些专业积累，希望能够为有意者提供参考。因行色匆匆，文中的疏漏在所难免，盼望得到校正。

（王智）

有形环境中的无形教育

这次来加州大学圣迭戈分校访学，课程安排得很紧凑，我们只能利用周末去参观圣迭戈及附近的城市，同时还借感恩节假期去了华盛顿，从而感受美国的风土人情与历史文化。鲍勃·霍普群雕、巴尔波亚公园、华盛顿二战纪念广场……很多地方和场景至今让我难忘。

学校抽了小半天时间组织安排了圣迭戈市内的参观活动。一路上，大家欢声笑语，庆祝这忙中偷闲的欢乐时刻。10时30分从圣迭戈分校出发，第一站是中途岛航空母舰。圣迭戈分校距离中途岛航空母舰没有多远，车行不久就到了。虽然曾无数次想象过中途岛航空母舰的模样，但真正见到它的时候，还是无比惊叹于它的壮观。只可惜时间有限，只能远观，不能直接到舰上近距离地感受。中途岛航空母舰曾参加过二战，因中途岛战役而得名，这个战役是整个二战亚太战场的转折点。中途岛航空母舰现已放置在一个博物馆中。据后来去参观的同学说，馆里有对该航空母舰的详细介绍，舰上有70多架飞机，凡来参观的人无不折服于其雄伟的规模和先进的技术，有些技术即使今天看来仍然很先进。

时间匆忙，大家又马不停蹄地去著名的胜利之吻雕像处。这是与1945年8月14日那个难忘的日子联系在一起的浪漫之吻。胜利之吻雕像表达的是素不相识、擦肩而过的一名海军士兵和一名白衣护士，在纽约时代广场上听到日本投降的消息时情不自禁地热烈拥吻。胜利之吻巨雕不远处，还有一组群雕，它的名字是国家向鲍勃·霍普和军队致敬，群雕再现了二战期间美国著名演员鲍勃·霍普在给海军士兵演出的情景。鲍勃·霍普是赫赫有名的喜剧演员，在二战期间经常率团深入前线进行慰问演出，极大地鼓舞了军队士气，美国军人对他的熟悉与喜爱程度甚是强烈。美国军队中，既有用他的名字命名的军舰——USNS Bob Hope T-AKR-300，也有用他的名字命名的飞机——Spirit of Bob Hope。从二战到日后的朝鲜战争、越南战争、两伊战争、海湾战争等，当代美国所经历的几乎所有战争，都留下了他的足迹。这组户外雕塑以高超的艺术再现力引起了世人的关注，它表现的是鲍勃·霍普赶赴战争前线为美国军队带去的一次慰问演出，但却将时间空间进行了一个艺术化的重新构建，将鲍勃在二战前线、朝鲜战争、越南战争乃至海湾战争中赴前线演出的行为拼接在同一件作品当中。

圣迭戈中途岛航母旁边的这组表现处在不同战争时段的军人一同来听他演讲的雕塑，是鲍勃·霍普多次演出的情景再现。这样的一个大胆构想，在艺术表现中显得真实且准确。雕塑中正在听鲍勃演讲的15个人主要是来自美国军队参加的4场战争中的士兵，许多人都有其真实的生活原型。但现实生活中，这15个人原本可能并不会相遇，而艺术家的创造则让这一切变成了现实。一个个生动的塑像已令人感受到这个国家对军人的尊敬，令人感到震撼的还有现场还播放着当时演出的录音，让人仿佛身临其境。所有的雕塑都按1∶1的比例完成，栩栩如生，让人不禁遥想当年。驻足细看这群雕塑，我们可以较为清晰地了解半个多世纪以来美国的国家战争历史，进而了解到美国人为何对军人那样尊敬。上午行程中的这个参观点给我留下了深刻的印象，同行的同学中有一个来过美国，她向我介绍说，美国对军人、对老兵、对艺术都非常尊重，这组群雕就是这种尊重的一个反映。看到群雕周围有很多游人，不少是父母带着孩子，他们正在向孩子讲解，这种有形环境的教育作用是巨大的、无形的，也是让人愿意接受的。也正是因为对这组群雕的喜欢，接下来的考察我才更多地关注了美国的文化环境，想通过对文化环境的感受和体验，深入地了解这个曾经很陌生的国度。

另一件令我记忆深刻的事是游览巴尔波亚公园。一个公园里为什么会有如此多的博物馆？每个博物馆为什么会如此漂亮？建这些博物馆的目的是什么？这是我初到巴尔波亚公园的不解之处。据说，该公园得名于西班牙探险者瓦斯科·德·巴尔波亚（Vasco de Balboa），本想研究一下为什么如此命名，但园内的景致已经吸引着我的脚步继续向前了。巴尔波亚公园的自然景色可谓美不胜收，如果说圣迭戈本身就是一个花园一样的城市，巴尔波亚公园就是这个花园城市中的花园。在这里，我重点说说其中的博物馆，这些博物馆各个华丽，是1915年巴拿马太平洋万国博览会留下的主要遗产，辉煌的城堡建筑反映了西班牙殖民时期的特色。园内有自然博物馆、圣地亚哥艺术博物馆、人类历史博物馆、摄影博物馆、艺术博物馆等大约15个博物馆，馆里有很多名画，每位参观者都驻足欣赏，这其中有年迈的老者，拄着拐杖在那儿细细观赏；有正在热恋的情侣，他们也互相情意绵绵地谈论着感兴趣的作品；还有很多小孩，相信他们在父母的带领下会产生对艺术的兴趣，或许其中会有一个未来的艺术家呢！艺术馆里有专门为孩子准备的绘画工具，每个路过的孩子都有画幅作品的冲动。还有6个演出场所，值得一提的是，这些场所都对外开放，我们参观当天正好遇到一个青少年交响乐团在排练，允许行人进去欣赏，我们在里面坐了半个小时，虽然不甚懂，但还是感受到了音乐的魅力。这是平生第一次离绘画和音乐如此之近，也是第一次理解了艺术在人生活中的地位，一个人一生如果没有艺术的体验，应该说是一件憾事。人本身是个全面的存在，可现实把我们都碎片化了，我们每天都在忙着琐事，以至于忘了内心深处的真实需要。

总之，这个公园各个景点都无比精致，尤其是博物馆令人流连忘返。更可取的是它对孩子的教育和启迪意义。试想，公园必定是父母带孩子常去的地方，而在有博物馆的公园里，当孩子玩累了时，顺便带孩子去博物馆休息，同时欣赏一下艺术品，了解一下自然知识和人文知识，这对于培养孩子的兴趣、提高人的综合素质是多么有益啊！我们中国真应该在这方面多向美国学习，让人们在一个自然而然的环境中接受知识、提高修养、培养兴趣。我们希望中国也能够更加重视文化环境建设，多为孩子提供有益的文化条件和文化设施，让学生在有形的环境中感受到无形的教育，在耳濡目染的过程中受到艺术的熏陶，为他们的全面发展提供一个良好的环境。

来美国三个月时间实在匆忙，除了在课堂上可以感受到与中国高等教育的不同之处外，利用周末或假期的参观走访也是难得的经历。所到之处无不体现着这个国家对历史、文化和英雄的尊重，这些无不在感染着每一个参观的游人，无不在传播着美国的价值观念。这可以在华盛顿的二战纪念广场得到充分的体现。二战纪念广场是给我留下最深印象的、也是最令人震撼的一处景点。据说在美国的许多城市都建有这样的战争纪念广场，可惜到目前为止我只看到过这一个。白宫附近方圆几公里，除美国国会山建筑群、国会图书馆外，吸引世界眼光和游客脚步的，就是巨大而宽阔的二战纪念广场、华盛顿纪念碑、林肯纪念堂。在华盛顿市中心，为美国第一任总统乔治·华盛顿修建的纪念碑是最高的标志性建筑，该纪念碑像一把利剑，直插云端，几公里外就能够看见。而且，纪念碑周围几百米不修建任何建筑，全部是草坪，以进一步突出它的挺拔和伟岸。与华盛顿纪念碑对应的，是不到一公里步行就可以到达的二战纪念广场。两个相对而立的拱形和平门分别刻着“太平洋”和“大西洋”字样，代表第二次世界大战的两个战区。该广场给我印象最深刻的是记述二战整体情况、美国参战过程、部分战役、部分死亡将士名单的石碑。纪念石碑有百余米长，由花岗岩石板刻制而成，镶嵌在专门修建的立体参观回廊里。

据说，广场中有一本记录死亡将士名单的书，放在一个半封闭的防雨玻璃盒子里，游客只需要伸进两只手就可以翻阅。可惜的是当时我并不知道，当然也没有看到，实属憾事。广场中有一个大理石的围墙，上面刻着：他们把自己的儿子献给了军队，他们为国家制造飞机、坦克、轮船。连接两座和平门的是 56 根花岗岩柱子，每一根柱子上都悬挂着象征胜利的橄榄花环。纪念广场有一座弧形的“自由墙”，上面刻着 4 000 颗金色星星，每一颗星都代表着在二战中牺牲的 100 位美国人，总体上代表着 40 多万美国阵亡将士，墙下面是一个月牙形的小水池，池边石块上雕刻着一行大字：这里铭记自由的代价（Here we mark the price of freedom）。林肯纪念堂在华盛顿纪念碑的南侧不远处。林肯作为美国第 16 任总统，领导了美国南北战争，颁布了《解放黑人奴隶宣言》，维护了联邦的统一，为美国在 19 世纪跃居世界头号工业强国开辟了道路，使美国进入经济发展的黄金时代，被称为“伟大的解放者”。林肯纪念堂庄严雄伟，外形为四边立柱包围的四边形建筑。沿几十米高的台阶拾级而上，走入大门，用汉白玉雕就的林肯坐像矗立面前，安静而不失威严。那是一个伟大时代，代表了美国黑人奴隶人权解放运动的高潮，为整个美洲黑人奴隶解放树立了榜样。虽说只有一天的参观时间，但是我们还是近距离地了解到了美国的历史，尤其是战争史，也深刻地感受到这个国家对军人及其家属的尊重，更感叹于领袖人物的伟大和这个国家对领袖的尊重。

（李庆霞）

后记

所谓行走的思想，既是在行走中触动和引发思考，也是在行走中澄清和形成思想。本书几位作者都是高校思想理论教育工作者，分别在英国、美国做过访问学者。记录的是访学期间的所见所闻与所思所感，这其中既有不同思想观念的激荡与碰撞，也有中西文化的相遇与交汇；既有对西方社会的体验与检视，也有对中西教育的比较与反思。特别想说的是，正是这番亲身的行走与观感，让我们有机会对书本上、文献中、媒体上的英美国家有了更多鲜活的认知和真切的感受。我们感受了英美两国的蓝天白云、青山绿水，感受了英美国家的经济发达、科技先进，同时也看到了硬币的另一面，看到了高品质生活背后的资源浪费、能源掠夺与污染转移，看到了发达经济背后的隐忧、社会存在的鸿沟，看到了西方社会对中国的重视与关注，也看到了西方社会对中国的误读与扭曲。一路走来，我们看到了值得学习借鉴的，也看到了值得自信自豪的；看到了我们的短板与不足，也看到了我们的优势与机遇。而这一切中的最可贵之处在于：赋予了我们一个中西比较的视角，使我们在亲身体察中拨开浮云雾霾，避开雾里看花、水中望月的虚妄，而得以真切而理性地认知他者与自我。

冯秀军、李庆霞、白显良、王智分别负责正文中相应内容的撰写，具体分工详见每篇文后。徐艳国提出本书的创意策划，参与确定本书的结构框架、行文立意，参与前言等内容的撰写和部分正文的修改。本书得以成稿，还要感谢陈睿同志以及中国人民大学出版社政治与公共管理出版分社社长郭晓明，本书写作过程中构思、研讨、统稿的每一个环节，他们都亲自参与，并给予宝贵指导和支持。中国人民大学出版社的编辑牛晋芳女士、余盛先生，在几次统稿过程中给予悉心帮助，在此一并致以诚挚的谢意。当然，几位作者出国时间较短，学识有限，故虽力求精准但也难免偏颇，敬请读者批评指正。

2016 年 3 月 6 日